KEITAI
SHOUSETSU
BUNKO
野いちご SINCE 2009

年上幼なじみの
過保護な愛が止まらない。

＊あいら＊

◎ STARTS
スターツ出版株式会社

カバー・本文イラスト／覡あおひ

可愛い可愛い、俺の幼なじみ。

「宗ちゃんだーい好きっ！」
「宗ちゃんになら……何されてもいいもんっ……」

それ以上煽るなら
手加減しないけどいいの？

ど天然モテモテ小悪魔ちゃん。
甘え上手な高校1年《新城 藍》

×

クールだけど藍には甘い。
翻弄されっぱなしの大学1年《椎名 宗壱》

年上の幼なじみは
いっつも私を子供扱いする。

「子供は黙って寝なさい」

どうすれば……女の子として見てくれるの？

「せっかく我慢してたのに……藍が可愛すぎるのが悪い」

幼なじみと
＼とびっきり甘〜い胸キュンラブ／

神崎 ルリ子 （かんざき るりこ）

藍のクラスメイトで親友。大人びた外見と性格のお姉さんキャラ。藍に恋愛のアドバイスをくれる。

堀内 理香 （ほりうち りか）

藍のクラスメイトで、ルリ子も入れて仲良し3人組。中性的な顔で性格もさっぱりしているため、女子のファンが多い。

七瀬 颯 （ななせ はやて）

藍のクラスメイト。藍のことが好きでアプローチするけど、天然な藍にはその想いが伝わっていない。

contents

01 * 年上の幼なじみ
「子供はお昼寝でもしときなさい」 10

「……そんな顔するのはずるいよ」 22

「周りの男に同じようなことしたらダメだよ」 31

「なんであんなに可愛いんだろ……」
*side宗壱 42

02 * 伝わらない「大好き」
「……藍、何してるの？」 54

「俺に飽きたから次はあいつにするの？」 75

「無防備すぎ」 92

「どうして来たの？」 105

03 * 恋の終止符
「ただの幼なじみだから」
*side宗壱 110

「今日はごめん」 121

「……藍、帰るよ」 129

「二度と俺の前に現れるな」
*side宗壱 149

04 * 不器用な告白
「そいつから手、離せ」 *side宗壱 162

「……好きだ」 *side宗壱 170

「どうしてそんなに可愛いの？」 179

「甘やかしたくて仕方ない」
＊side宗壱　　　　　　　　194

05＊とびきり甘い恋人
「大好きだよ」　　　　　　202

「照れてるの？」　　　　　210

「そいつ、誰？」　　　　　220

「可愛い……好きすぎて、もう心臓痛い」　　　　　　　　　230

「俺も、藍だけだよ」＊side宗壱
　　　　　　　　　　　　244

06＊君を愛してる。
「ドキドキなんて、ずっとしてるよ」
　　　　　　　　　　　　260

「甘やかしてあげる」　　　271

「俺がどれだけ我慢してると思ってるの？」＊side宗壱　　281

「愛してるよ……藍」　　　290

番外編
似たもの親子　　　　　　296

女子トーク（？）　　　　307

男子トーク（？）　　　　313

同棲生活　　　　　　　　320

あとがき　　　　　　　　342

01＊年上の幼なじみ

「子供はお昼寝でもしときなさい」

　私、新城 藍には、ずっと大好きな人がいる。
「はぁ……宗ちゃんに会いたい……」
　休日のリビングで、零したため息。
　もう1ヶ月近く会えていないその人に、会いたくてたまらなかった。
　幼なじみである、3つ年上の椎名宗壱こと宗ちゃんに。
　うう……前は当たり前のように毎日会えてたのに……どうして1人暮らしなんて始めちゃったの、宗ちゃん……。
　今年大学生になった宗ちゃんは、社会勉強にと言って、同じマンションにある、もともと住んでいたウチのお隣の部屋から出ていってしまった。
　この前のGWに帰ってきたけど、またすぐに戻っていっちゃったし、宗ちゃん不足で倒れちゃうよぉ……。
　はぁ……会いたい……。
　寂しさを紛らわすように2度目のため息をつくと、キッチンで洗い物をしているお母さんが口を開いた。
「そういえば、今日宗壱くん帰ってくるって、宗壱くんママが言ってたわよ」
「え!!」
　その言葉を聞くや否や、私は急いで自分の部屋へと向かった。
　お気に入りのワンピースを着て、練習したメイクをする。

「お母さん!!　宗ちゃんのお家行ってくるね!!」
　すぐに支度を終わらせて、家を飛び出した。

　インターホンを鳴らすと、宗ちゃんママが出てくれる。
『はーい、藍ちゃん？』
　向こうからカメラで私の姿は見えているので、誰だかは一目瞭然だ。
「藍です！　宗ちゃん、いますか？」
『ふふっ、部屋にいるよ。どうぞ入って』
　「お邪魔します！」と言って、宗ちゃんの家に入る。
　一直線に通い慣れた宗ちゃんの部屋へと向かった。
「宗ちゃーん！」
　勢いよく扉を開けた私に、ソファで寝転びながら本を読んでいたらしい宗ちゃんは驚いている。
　私は宗ちゃんに、勢いよく抱きついた。
「藍……急に入ってこないでって言ってるでしょ？」
「どうして？　邪魔しちゃった……？」
　「そうじゃないけど……」と、困ったように額を押さえた宗ちゃん。
「宗ちゃんが帰ってきてるって聞いて、来ちゃった。どうして帰ってくること教えてくれなかったの？」
「すぐ戻るつもりだったから。ていうか、離れなさい」
　抱きつく私を剥がそうとする宗ちゃんに、ぎゅっと腕に力を入れ、必死で抵抗する。
「やだっ……離れないぃ……」

「……やだじゃない」
「だって……久しぶりに会えたんだもん……」
　会えなかった分を充電(じゅうでん)しないと、宗ちゃん不足で倒れちゃう……。
「久しぶりって、1ヶ月しか経ってないでしょ」
　その言葉に、胸がずきりと痛んだ。
　宗ちゃんは私に会えなくても平気なんだと、言われたみたいで。
「1ヶ月も、だもん……」
　私は……毎日だって会いたいのに。
「宗ちゃんに会えなくて……すごく寂しかった……」
　ぎゅっと抱きついて、宗ちゃんの胸に顔を埋(う)める。
　すると、宗ちゃんが息を呑(の)む音が聞こえた気がした。
「……こら、いい加減離れなさい」
「ううう、宗ちゃんの鬼(おに)ぃ……」
　これ以上駄々(だだ)をこねて嫌(きら)われちゃうと嫌(いや)だから、名残惜(なごりお)しいけど離れた。
　身体を起こしてソファに座った宗ちゃんの隣に、私もすとんと座る。
「なんの本読んでたの?」
　宗ちゃんが持っているものを見つめてそう聞けば、「ああ、来週会う人の著書を読んでるの。会話のネタになるでしょ?」と答えてくれた。
　え……!　これを書いてる人と会うんだ……!
　表紙を見ると、難しそうなビジネス本みたい。

じつは、宗ちゃんは国内随一のグループ企業である椎名グループの跡取り。いわゆるお坊ちゃんだ。
　大学生になった今は、仕事にも関わり始めたらしく、いつも忙しそうだ。
　続きを読もうとしているのか、本を開いた宗ちゃんの肩に頭を預ける。
「静かにするから、こうしててもいい……？」
　邪魔はしたくないけど、まだ離れたくない……。
「……はいはい」
「ふふっ、やったぁ」
　許可がおりて、口元が緩んだ。
　こうしてそばにいられるだけで、幸せ。
「宗ちゃん大好きっ……」
　口から零れた、その言葉。
　会うたびに言っているけど、嘘偽りない私の気持ち。
　ずっとずっと昔から、私は宗ちゃんだけが大好き。
　宗ちゃんが、パタリと本を閉じた音が聞こえた。
「……やっぱりダメ。もう帰りなさい」
　……え？
「ど、どうしてっ！　やだ！　もうひと言も話さないから、お願いっ……」
　宗ちゃん、いてもいいって言ったのに……！
「やだじゃない」
「宗ちゃんが戻るまで一緒にいるもん……！」
　宗ちゃんは、嫌だ嫌だと拒む私の頭をそっと撫でた。

「子供はお昼寝でもしときなさい」
　……ズキリ。
　それは、一番言われたくはない言葉。
「子供じゃないもん……宗ちゃんのバカっ……」
　私はそう言い残して、宗ちゃんの部屋を飛び出した。
　宗ちゃんは、いつだって私を子供扱いする。
　もう……高校生になったのに。
　いつまで経っても、宗ちゃんは私を女の子として見てくれない。
　それがたまらなく──寂しかった。
　こんなに大好きなのに、スタートラインにすら立たせてもらえない。
　宗ちゃんへの気持ちは、誰にも負けないのに……。
　肩を落として、自分の家に帰る。
　私がいなくなったあと、宗ちゃんの部屋で──。
「……子供だと思えないから、困ってるんだろ……」
　そんな言葉が響いていたなんて、知る由もなかった。

　翌日。
　月曜日は憂鬱だ。宗ちゃんに会える可能性がゼロだから。
　基本的に、宗ちゃんが帰ってくるのは土日のどちらか。
　平日は急用でもない限り帰ってこない。
　昨日会えたけど……もう会いたくてたまらないよ。
　うー……、１人暮らしなんてやめて、お隣に戻ってきてほしいよっ……。

そう思わずには、いられなかった。
「あ、藍ちゃん、おはよ！」
「新城さん、おはよ！」
　廊下で同級生の友達に声をかけられ、私も笑顔で返事をする。
「藍ちゃん、今日も可愛いー！」
「同性でもぐらっとくる笑顔だよね……」
「あー、あんな彼女ほしいわマジで」
「いやいや、俺らじゃ無理だって」
　なんだか遠巻きに何か言われている気がする……わ、悪口とかじゃないよね？
　気にしないようにして、教室に向かった。

「おはよー、藍」
「はよー」
　教室に着くと、親友の２人がすでに登校していた。
「ルリちゃん、理香ちゃん、おはようっ」
　笑顔で挨拶をすると、２人がぎゅーっと抱きしめてきた。
「はぁ……朝から最高の癒やしね……」
　意味のわからないことを言っているのは、ルリちゃんこと神崎ルリ子ちゃん。
　大人っぽくて、まさにクールビューティという言葉がぴったりの女の子だ。
　子供っぽくて、いつまでも宗ちゃんと不釣り合いな私にとって、憧れの存在。

「あー、今日も藍はうちらの天使だ」
　ルリちゃんに続きよくわからない発言をしたのは、もう1人の親友の理香ちゃんこと堀内理香ちゃん。
　理香ちゃんは、とにかくかっこいい。
　いわゆるボーイッシュな雰囲気で、ファンクラブが創設されるほど女の子からモテている。
　私も最初は、体操服を着ていた理香ちゃんを、爽やかなイケメンだなぁと誤解してしまったくらい。とっても頼りになる、優しい友達だ。
　ひと通り私を撫でたあと、満足したのかふぅ……と息を吐き、手を離した2人。
　これ、朝の恒例行事みたいになってるけど……なんなんだろう？
　よくわからないけど、2人がご満悦なのでいいやと気にしないことにした。
「それにしても、今日は来るの遅かったわね」
「あ……うん」
　ルリちゃんの言葉に、苦笑いを返す。
　昨日宗ちゃんに子供扱いされたことについて、どうすればいいかぐるぐると悩んでいたから、歩くペースも自然と遅くなっていた。
　子供扱いされるのはいつものことだけど……そろそろ、女の子として見てくれてもいいのに……。
　私が高校生になったら、少しは距離も縮まると思ったんだけどなぁ……。

縮まるどころか、宗ちゃんは大学生になって、もっと遠くへ行ってしまったような気がする。
「浮かない顔してどうした？　うちらに話してみ」
　理香ちゃんの言葉に、「ありがとう」と言って微笑み返した。
　２人に、相談してみようかなぁ……。
「あのね……幼なじみの話なんだけど……」
「あー、宗ちゃん？　何かあったの？」
　私がよく話をするから、２人は宗ちゃんのことを知っている。
「いつまで経っても子供扱いで……私はいつになったら恋愛対象になれるのかな」
　口にするとさらに虚しくなってきて、ため息も一緒に零れてしまった。
「恋愛対象って……もう普通になってるでしょ」
「藍を好きにならない男なんか、この世にいるか？」
「あはは……」
　２人のお世辞に、苦笑いを浮かべた。
　友達贔屓というか、さすがにそれはありえないよ。私、可愛くもないし……。
「ていうか、そんな男やめときなさいよ。藍なら選り取りみどりでしょ？」
「そうそう。そんな男のために藍が悩む必要ない！　いい男なら他にもいるって。藍は、こーんなにも可愛いんだしな！」

私は2人の言葉に、首を傾げた。
「よ、選り取りみどり……？　なんのこと？　私、可愛くないよ……？」
　褒めてくれるのは嬉しいけど……自分の顔は、自分が一番わかってるよ……！
　そう思った私を、再び2人が抱きしめてきた。
「「この無自覚さんめっ……！」」
　頭の上に、はてなマークが浮かぶ。
　む、無自覚さん……？
「藍はあたしたちが守るわ……！」
「変な男に言い寄られないように、うちらが盾になるからな……！」
　え、ええっと……。
「あ、ありがとう2人とも……！」
　ひとまず、お礼を言うことにした。
　2人が私のことを妹のように可愛がってくれていることは、とっても嬉しいから。
「藍に好かれてなびかないなんて、その宗ちゃんって幼なじみはどんな男なのよ、いったい……」
「人間を好きになれない男とかじゃねーの？」
　それはさすがにないと思う……と、心の中で返事をする。
「おはよ、藍ちゃん」
　話がおかしな方向へ行き始めていたとき、背後から声をかけられた。
　そこにいたのは、クラスメイトで仲良しの七瀬颯くん。

「颯くん、おはよう!」
　笑顔で返事をすると、颯くんも太陽みたいな満面の笑みを返してくれた。
　颯くんは、好青年という言葉が相応しい本当にいい人。
　優しくて、面白くて、クラスの人気者だ。
「あれ?　藍ちゃん、どうしたの?」
「え?」
「今日、ちょっと元気ないように見えるけど……」
　颯くんの言葉に驚いた。
　そ、そんなに顔に出てたかな……?
「ふふっ、さすが七瀬だわ〜」
「藍の変化には敏感だなぁ〜」
　ルリちゃんと理香ちゃんが、意味深な笑みを浮かべた。
　2人の言葉に、颯くんはなぜか顔を真っ赤にさせる。
「か、からかうなよ。性格悪いな……」
　話の流れがわからなくて、私は1人置いてけぼり状態だ。
「まぁまぁ、あたしたちは七瀬の味方よ」
「そうだな〜。七瀬なら及第点ってとこかな」
「親みたいだな2人とも……」
　えっと……?
　3人を代わる代わるに見て首を傾げた私に、颯くんがハッとした表情を浮かべた。
「ごめんごめん、気にしないでね、藍ちゃん……!」
「うん……?」
「あの、もし困ったことがあれば、いつでも俺に相談してね。

頼りになるかはわからないけど……」
　照れくさそうに、そう言ってくれた颯くん。
「心配してくれてありがとうっ」
　笑顔でそう言うと、颯くんはなぜかまた顔を赤く染めた。
「颯くん……？」
　どうしたんだろう、さっきから……。暑いのかな？
「あ……ご、ごめん！　藍ちゃんは、やっぱり笑顔が一番だね」
「……そ、そうかな？」
「うん。すごく……素敵だと思う。って、何を言ってるんだろ俺。……じゃあまた！」
　そう言って、男友達のほうへ行ってしまった颯くん。
　今日も颯くんは優しいなと、改めて思った。
「ふふふっ、青春ね〜」
「いやぁ、初々(ういうい)しいなぁ」
　ルリちゃんも、理香ちゃんも、さっきから何を言ってるの……？
　2人そろってほくそ笑んでいる姿に、私は苦笑いを返すことしかできない。
　ど、どうしちゃったんだろう……ちょっと怖(こわ)い……あはは……。
「でも、あたしは本気で七瀬推しかしら」
「なんの話……？」
「その幼なじみなんかやめて、七瀬にしちゃいなさいって話よ」

「えっ……！」
　ルリちゃんの言葉に、大きな声が出てしまった。
「うちも同感。その宗ちゃんって幼なじみよりも、絶対七瀬のほうが幸せにしてくれそうだしなぁ」
　り、理香ちゃんまで、何を言い出すのっ……！
「まず大前提が間違ってるよ！　颯くんが私なんかと付き合うなんて、あるわけないのに」
　颯くんはきっと可愛い子を選り取りみどりだろうし、私なんて相手にされないよ。
　それに……私も、宗ちゃん以外の男の人を好きになれないもん……。
　ずっとずっと、宗ちゃんしか見てこなかった。
　というより、見えなかったという表現のほうが正しい。
　誰よりもかっこよくて、優しくて、頼もしくて……。
　——宗ちゃんの、全部が大好き。
　全然振り向いてもらえなくて、恋愛対象にすら、なっていないけれど……。
　好きになってもらえるように、頑張るもんっ……！
「はぁ……七瀬がかわいそうねぇ」
「まったく伝わってないじゃん……さすがに不憫だな」
　１人意気込んでいる私に、そんな２人の会話は届かなかった。

「……そんな顔するのはずるいよ」

　うう……。
　お昼休み。お弁当を食べ終えた私は、スマホの画面と睨めっこしていた。
　宗ちゃんから、返信来ないなぁ……。
　昨日の夜に送った、【次はいつ帰ってくるの？】というメッセージに、反応は返ってこず。
「どうしたのよ、藍。食い入るように画面見て」
　ルリちゃんに声をかけられ、ため息が出そうになったのをごくりと呑み込んだ。
「宗ちゃんから、返事が来ないの……」
「また宗ちゃん？　そんなにいい男なの？」
　机に肘をつきながら、そう言ったルリちゃんに、私は深く頷く。
「うん！　宗ちゃんは世界で一番かっこいいのっ……！」
　断トツのナンバーワンだよ、ふふっ。
「藍だって世界一可愛いけどな」
「それはないってば、理香ちゃん……」
　私なんて、全然可愛くないのに……。
　そう思ったとき、手に持っていたスマホが震えた。
　慌てて画面を見ると、宗ちゃんからのメッセージが。
　き、来た……！
【わからない。当分は帰らないかな】

え……。

メッセージの内容に、肩を落とす。

私は急いで、返信を送った。

【忙しいの？　今日は大学？】

大学のレポート？だっけ……そういうのがたくさんあるのかな……。

それとも、お家のお仕事とか……？

宗ちゃんはいつも忙しそうにしてるけど……いつまで会えないんだろう……。

すぐに既読がつき、返事が来た。

【5時まで授業。そんなに忙しいわけじゃないけど、用事もないのに帰らないよ】

その言葉に、胸がずきりと痛んだ。

まるで、時間はあるけど、私に割く暇はないって言われたみたいな気がして。

宗ちゃんは……私に会わなくても別に平気だもんね。

毎日会いたい私とは違って……もしかしたら、私と離れられて、清々してるのかもしれない。

そんなふうに悪い方向に考えてしまう自分が嫌になる。

宗ちゃんがどんなふうに思っていても、私は……。

【宗ちゃんに会いたい】

素直な気持ちを送ると、またすぐに既読がついた。

けれど、メッセージはそこで途絶えてしまった。

「返事、来なくなっちゃった……」

はぁ……と、ため息が零れる。

ここまで相手にされないと、ちょっと虚しくなっちゃうよ……。
「なんなのその男。ムカつくわ……！」
　ルリちゃんが、目に炎を宿らせて拳を握りしめている。
「忙しいのかも……」
　あははと笑ったけど、さっき忙しくないって言われたばっかりだったな……。
　やっぱり宗ちゃんは、私と離れられてラッキーくらいに思ってるのかも……。
「うー……よし！」
　もう、こんなうじうじ悩んでても仕方ない……！
　宗ちゃんが私のことをなんとも思っていないのなんて、今に始まったことじゃないもん！
　別に、今は意識してくれていなくても……頑張るって決めたんだから！
　会えないなら、会いに行こう！
　そうと決まれば、さっそく放課後宗ちゃんの大学に突撃だっ……！

　放課後になり、大人っぽく見えるようにメイクをして、私は大学へと向かった。
　宗ちゃんの大学は、私の高校から電車で30分ほど先にある。
　家からは、１時間くらい。
　最寄駅で降りて、すぐに見える大学の校舎のほうへと急

いだ。
　そういえば、連絡もなしに勢いで来ちゃったから、宗ちゃんがこの時間に出てくるかもわからないなぁ……。
　5時まで授業って言ってたから、そろそろ帰る時間のはずだけど……。
　正門の辺りから、大学の中を見る。
　勝手に入ったらダメだろうし……ここでちょっと待てよう。
　驚かせたいから、まだ連絡はしない。
　1時間待ってみて宗ちゃんが出てこなかったら……そのときは電話しようっ。
　制服を着ているからか、次々に出てくる大学生からの視線が痛い。
　すごく悪目立ちしてるかも……よく考えずに来ちゃったかなぁ……。
「なあ、あそこに立ってる女子高生、超可愛くね？」
「アイドルとかモデルじゃねーの？」
「誰か待ってんのかな？　ちょっと声かけてこいよ」
　ひそひそ何かを言われている気さえしてきて、身を縮こまらせた。
　宗ちゃん、早く出てきてっ……！
「君、何してるの？」
　前から歩いてきた男子大学生に、そう声をかけられた。
　周りには友達らしき人も5人いる。
「あっ……」

「もしかして見学？　俺らでよかったら案内したげるよ」
　後ろの人がそう言って、ニヤニヤとした表情で私を見てきた。
「つーか、今から遊ばない？」
「高校生だよね？　何年生？　彼氏とかいるの？」
　次々に声をかけられ、一歩後ずさる。
「あ、あの……」
　どうして私なんかに声をかけてくるんだろうと思いながら、断ろうとしたときだった。
「藍！！！」
　背中の方向から、聞こえてきた大好きな人の声。
　宗ちゃん……！
　私は、慌てて振り返り、すぐに探していた人の姿を見つけた。
　こっちへと走ってくる宗ちゃんに、手を振った。
「え……椎名じゃん」
　話しかけてきた人たちが、駆け寄ってきた宗ちゃんを見て呟く。
　知り合いなのかな……？
　でも、そんな言い方ではなく、どこか怯えているように見えたのは気のせい……？
　宗ちゃんは、壁になるように私の前に立った。
「こいつ、俺の知り合いなんですけど何か用ですか？」
　その声色が怒っているように聞こえた。
「い、いや、悪い……」

宗ちゃんが前に立っているため、男の人たちの顔が見えない。
　でも、乾いた声でそう言って、「い、行くぞ」とみんなで駅のほうへと歩いていった。
　はぁ……と、頭上にため息が降ってくる。
　宗ちゃんは、やっぱり少し怒っているようで、振り返って見えた顔は眉間にしわが寄せられていた。
「何してるの、こんなところで」
　急に来たこと、怒ってるのかな……？
「宗ちゃんに会いたくて……来ちゃった」
　正直にそう言って、宗ちゃんを見つめる。
　その表情が、困ったように崩れた。
「……来ちゃった、じゃないでしょ。はぁ……」
「ご、ごめんなさい……どうしても会いたくって……。迷惑だった……？」
　やっぱり、私とは会いたくなかった……？
　悲しくて、自然と眉の端が下がってしまう。
「……そんな顔するのはずるいよ」
「え？」
「怒れなくなるだろう。はぁ……」
　再びため息をついた宗ちゃんに、私はポンッと頭を撫でられた。
「迷惑じゃないよ。でも、もう帰りなさい」
　え……。
「宗ちゃんこのあと用事があるの……？」

せっかく会えたのに、もうバイバイ……？
「用事はないけど……」
「だったら、もう少しだけ一緒にいたいっ……」
　宗ちゃんの服をつかんで、そう言った。
　できることなら、１分１秒でも長く一緒にいたい。
　これでも、我慢してるんだもん。
　宗ちゃんが『１人暮らしを始める』って言ったときも、本当はぜーったいに嫌だったけど……。
　宗ちゃんが、『定期的に帰ってくる』って、『会いたいときは会える』って言ってたから、涙を堪えて送り出した。
　もちろん、彼女でもなんでもない私に引き止める権利なんてないことも、わかってる……。
　でも、やっぱり想像してたより、会えないのはつらい。
　宗ちゃんがどんな生活を送っているのか、どんなところに住んでいるのか、私の知らないことが増えるのが、とっても悲しいよ。
　……あ。
「そうだ！　私、宗ちゃんのアパートに行きたい……！」
「え？」
　私の言葉に、宗ちゃんは目をまんまるに見開いた。
　そういえば、私はまだ一度も宗ちゃんのアパートに行ったことがない。
　『行きたい』って言っても、『また今度』って流されてたから。
　大学からすぐの場所にあるって言っていたし、行ってみ

たい……！
「……それはダメ」
　宗ちゃんの返事に、肩を落とした。
「どうして？」
「……汚いから」
　長い沈黙のあと、宗ちゃんから出てきたセリフ。
「嘘！　宗ちゃん綺麗好きだもん!!」
　絶対に嘘ついてる……！
　宗ちゃんの部屋が散らかっているのなんて、一度だって見たことないのに……！
　もしかして、何か見せたくない理由があるのかな……？
「とにかくダメ。帰りなさい」
　諭すように言われて、むぅ……と唇を尖らせる。
　『帰りなさい』って言い方にも、悲しくなった。
　また、子供扱い……。
　私もう、子供じゃないよ、宗ちゃん……。
「少しだけでいいの……見たらすぐ帰るから……それでもダメ？」
　お願い、と言うように、宗ちゃんの目をじっと見つめた。
　瞳が、ためらうように揺れたのがわかる。
　口を固く閉ざして、悩んだ宗ちゃん。
「……はぁ、少しだけだよ」
　諦めたようにそう言った。
「やったぁっ……！」
　許可がおりたことに、その場で飛び跳ねる。

嬉しくて、そのままの勢いで宗ちゃんに抱きついた。
「……っ、藍、目立つからやめなさい」
「ふふっ、はーい」
　機嫌(きげん)がいいので、おとなしく言うことを聞いて宗ちゃんから手を離す。
　宗ちゃんのアパート……どんな感じなんだろう。楽しみだなぁ……。

「周りの男に同じようなことしたらダメだよ」

　大学から、少し歩いた場所にあったその建物。
「このマンション？」
「外装は新しいけど、一応アパートだよ」
　そう説明しながら歩く宗ちゃんの後ろをついていく。
　建物は主にコンクリートで作られているように見える。こんな物件に入るのは初めてで驚いた。
　ひと言で言うとスタイリッシュな外観……で、シックなかっこいいアパートだった。
「この部屋」
　宗ちゃんは1階の部屋の前で止まって、鍵を差し込んだ。
　ドキドキと、胸が高鳴る。
　宗ちゃんの家の中、どんな感じなんだろう……！
「はい、どうぞ。本当に見たら帰るんだよ」
「はーい！　お邪魔しますっ……」
　恐る恐る、中に入らせてもらう。
　わっ……！
「宗ちゃんのお家、かっこいいね……！」
　廊下を抜けると、モノトーンで統一されたリビングが視界に入った。
　ソファや棚などの家具は主に黒。壁紙は白。
　シンプルで大人っぽい雰囲気に、私は目を輝かせた。
　宗ちゃんの実家の部屋も、シックでかっこいいけど……

１人暮らしの部屋は、なんだか、大人の男の人が住む部屋って感じだ。
「ね、他の部屋も見ていーい？」
「……どうぞ」
　はしゃいでいる私を、呆れた表情で見ている宗ちゃん。
　ふふっ、今の私は機嫌がいいから、なんとも思わないもんっ……！
　まるで展示物を見て回るように、お家の中を歩く。
「キッチンも広いね……！　でも、宗ちゃん料理できないんじゃ……」
「人並みに自炊はしてるよ」
　そ、そうなんだ……。
　なんだか、ちょっと寂しいな……。
　知らない宗ちゃんが、また増えたみたい……。
　……って、今は一緒にいるんだから、後ろ向きにならない……！
　頬をぺちっと軽く叩いて、お部屋探索を続行する。
　リビングを見終わり、廊下に出た。
「ここの部屋は？」
　廊下を出てすぐの場所に、扉が１つ。
　勉強スペースか何かかな……？
「寝室だよ。ベッドしかないからここは入らなくてもいいでしょ？」
　え……？
　見られたくないのか、嫌そうな表情をしている宗ちゃん。

「入る……！」
「っ、こら」
　私は迷わずそう答え、止めようとする宗ちゃんを無視して扉を開けた。
　だって、宗ちゃんが眠ってるところも、気になるんだもんっ……。
　部屋に入ると、思わず「わっ」という声が零れた。
「な、なんだか、ダンディーな感じ……」
　ベッドだけが置かれた部屋。
　黒を基調としたその空間は、落ち着いた雰囲気で、薄暗いライトが上品さを際立てていた。
　子供っぽい私の部屋とは、比べ物にならないや。
「ダンディーな感じって何？」
　宗ちゃんが、おかしそうにふっと笑う。
　わ、笑わなくてもいいのに……。それにしても……。
「ベッド大きいね……！」
　１人で眠るには広すぎる、ダブルサイズほどの大きさ。
「俺、寝相悪いからね」
　私も知っている情報が出てきて、思わず嬉しくなる。
　宗ちゃんは、お上品な雰囲気からは想像がつかないくらい寝相が悪い。
　昔、一緒に眠ったことがあるけど、起きたときに下敷きになっていることが何度かあった。
　最後に一緒に寝たのは、もう５年前くらいだけど。
　少しだけいたずら心が湧いて、ベッドにダイブする。

反発性があるタイプではないらしく、ぼふんっと沈み込んだ。
「わぁっ、ふかふか」
　　寝心地、すごくいいっ……！
「こら藍。寝転ばない」
　　ごろごろとベッドの上で移動している私を見て、宗ちゃんが「降りなさい」と言ってくる。
　　私は香る匂いを辿るように、布団に顔を埋めた。
「ふふっ、宗ちゃんの匂い……」
　　大好きな、シトラスの香り。
「……っ」
　　宗ちゃんの、ごくりと息を呑む音が聞こえた。
「……俺の匂いって何？　変な匂いする？」
　　え？
　　宗ちゃんの質問に、首を横に振る。
　　変な匂いなわけないのに。
「んーん……大好きな匂い」
　　笑顔でそう言えば、宗ちゃんはなぜだか大きく目を見開いた。
　　そのあと、すぐに私から目を背けるように、こちらに背中を向ける。
「……藍、もう満足したでしょ？　帰るよ」
「え……もう？」
　　勢いよく身体を起こし、ベッドに座った状態で宗ちゃんの背中を見つめた。

「見たら帰るって約束だったでしょ?」
　そう言われて、返す言葉が出てこない。
「う……はい……」
　確かに約束したけど……宗ちゃんの近くにいると、欲張りになってしまう。
「でも、もう少しだけ……」
　もう少し、もうちょっとだけ……と、願ってしまうわがままな自分。
「ダメ」
　私の願いは虚しくも、ばっさりと拒否された。
　はぁ……。
　ため息をついた私に、宗ちゃんが手を伸ばしてくる。
「ほら、帰るよ。送ってあげるから」
　……え?
「本当に……!?」
　宗ちゃんの言葉に、私はパアッと瞳を輝かせた。
「うん。今日だけ特別。これからは急に来ても、構ってあげられないからね」
　私の手を握って、ベッドから起こした宗ちゃん。
　私はその手を握り返し、宗ちゃんに抱きついた。
「やったぁ……!」
　宗ちゃんの身体がびくりと跳ねた気がしたけど、きっと気のせい。
　気にせず、スリスリと頬を寄せる。
「何?　車乗りたかったの?」

喜んでいる私を見ながら、宗ちゃんは疑問を浮かべた顔をしてそう言った。
「ううん……宗ちゃんと少しでも長くいられるから、嬉しいのっ」
　喜んでいる理由を伝えて、さらにぎゅうっと抱きつく。
「……はいはい」
　頭上から降ってきた声は、呆れたような返事だったけど、そんなこと気にならないくらい今の私は上機嫌だった。
　私にとって宗ちゃんといられる時間は、何よりも貴重なんだもんっ……！
　１分１秒でも、長くそばにいたいって思う。
　ほんとにほんとに、大好きっ……。

　宗ちゃんの車は、大学の合格祝いにご両親からもらったもの。
　私は車に詳(くわ)しくないからよくわからないけど、２人乗りのスポーツカーで、素人目(しろうとめ)から見てもかっこいい。
　運転する宗ちゃんを、助手席から横目でじっと見つめる。
「俺の顔に何かついてる？」
　見入っていると、いつから私の視線に気づいていたのか、前を向いたままの宗ちゃんがそう言った。
　バレていないと思っていたから、ちょっぴり恥(は)ずかしい。
「ううん。運転する姿もかっこいいなぁと思って……」
「……っ」
　思ったままのことを言えば、宗ちゃんがハンドルを握る

手に力を込めたように見えた。
「……藍。あんまり男に、かっこいいとか言ったらダメだからね」
　……え？
「どうして？」
　子供に言い聞かせる親みたいな忠告の仕方をする宗ちゃんに、首を傾げた。
「どうしても。周りの男に同じようなことしたらダメだよ」
　……よく、わからないけど……。
「しないよ。だって私がかっこいいと思うのは宗ちゃんだけだもん」
　昔から、ずっとそう。
　私の『かっこいい』は宗ちゃんが独占しているから、他の人に渡す分なんて残っていない。
「……」
　私の返事に、なぜか黙り込んだ宗ちゃん。
　ほんとにどうしたんだろう……変な宗ちゃん。
「ねぇ宗ちゃん、次はいつ会える……？」
　沈黙がもったいなく感じられて、宗ちゃんの横顔に声をかける。
「……わからないって言ったでしょ」
　また、呆れたような声が返ってきて、思わずびくっと萎縮してしまう。
　ちょっと、しつこく聞きすぎちゃったかなっ……。
「……うん、ごめんなさい……」

今日は内緒で大学に行ったり、家に入れてほしいとせがんだり……いい加減うっとうしがられちゃったかもしれない……。
　そう思うと悲しくて、不安で、視線が自然と下へと落ちていく。
「はぁ……その顔やめて。悪いことしてる気分になる」
　宗ちゃんの言葉に、びくりと肩が跳ね上がった。
「……っ、ご、ごめんなさい。もう聞かないっ……」
　すぐに物分かりのいいフリをして、これ以上余計な言葉が出てこないように唇をきゅっと噛みしめる。
　今日は幸せだったから、浮かれすぎちゃった……。
　そう反省したとき、頭にポンッと手を置かれた。
「別に怒ってないよ」
　困ったような、けれど優しさの混じった声色に、顔を上げる。
「俺も言い方きつかったから、そんな顔しないで。純粋に、俺に会いたいと思ってくれてるのは……嬉しいし」
「え？」
　車のエンジンの音でかき消され、最後のほうが聞き取れなかった。
　聞き返すように首を傾げて宗ちゃんを見れば、気恥ずかしそうにした視線がちらりと私を捉える。
「なんでもない」
　すぐに視線を戻し、前を向いた宗ちゃん。
　わしゃわしゃと、再び頭を撫でられた。

怒っていなくて、よかった……。
「宗ちゃんに撫で撫でされるの、好き……」
　されるがまま、目をつむって宗ちゃんの手を感じる。
　すると、ピタリと撫でる手が止まった。
「……だから、そういうのが……」
「……？」
　何か言いかけた宗ちゃんは、私の頭から手を離した。
　あ……もう少しだけ、撫でてもらいたかったな……。
「ほら、着いたよ」
　え……？
　宗ちゃんの言葉に、驚いて車の外を見る。
「ほんとだ……もう着いちゃった……」
　1時間くらいかかるはずなのに、一瞬(いっしゅん)だったなぁ……。
　宗ちゃんといる時間は、どうしてこんなにも過ぎるのが早いんだろう。
　名残(なごり)惜しくて、スカートの裾(すそ)をぎゅっと握った。
「宗ちゃんは、お母さんに挨拶していかないの？」
「昨日も会ったから、家にはもう寄らないよ」
　そっか……。
「送ってくれてありがとう」
　お礼を言うと、宗ちゃんはいつもの優しい表情で笑った。
「どういたしまして。またね」
　あっさりとそう言う宗ちゃんとは違って、私の口からは「またね」の言葉が出てこない。
　これ以上わがまま言ったら、迷惑がられちゃいそうなの

に……次いつ会えるかもわからない状態でのバイバイは、つらい。
「……だから、そんな寂しそうな顔しないでってば」
　宗ちゃんの言葉に、ハッとした。
　私、そ、そんなに顔に出てたかなっ……。
「藍はほんとに寂しがりやだね。……夜、おやすみのメッセージ送るから、今日はおとなしく帰りなさい」
　え？
　おやすみのメッセージ……？
「ほ、ほんとに？」
　私からすることは何度もあったけど……宗ちゃんからしてくれるの……？
「ほんとほんと」
　単純な私は、宗ちゃんの返事にすぐ上機嫌になり、大きく首を縦に振った。
「うん！　帰る！　ふふっ、待ってるねっ……」
　カバンを持って、シートベルトを外す。
「宗ちゃん……またね」
「うん。また」
　手を振った私に、宗ちゃんはまた頭を撫でてきた。
　……今日も最後まで、子供扱いだったなぁ。
　そんなことを思って、衝動的に身を乗り出す。
　そっと、宗ちゃんの頬に口づけた。
「大好きっ……」
　呆気にとられている宗ちゃんにそう告げて、逃げるよう

に車を出た。
　キス……しちゃったっ……。
　子供の頃だったら何度かほっぺにちゅーしたことがあったけど……今はそのときとは違う。
　ちゃんと恋愛感情のあるキスだもんっ……。
　少しでも、私の気持ちが伝わるといいなぁ……。
　そんなことを思いながら、熱い頬に手を重ね、マンションのエントランスまで歩いた。

「なんであんなに可愛いんだろ……」＊side宗壱

　――ちゅっ。
　車内に響いた、可愛いリップ音。
「大好きっ……」
　藍は顔を真っ赤にして、逃げるように車を出ていった。
　突然のことに、驚いて動けなくなった俺。
「はぁ……」
　ため息をついて、その場で頭を抱える。
「なんであんなに可愛いんだろ……」
　今日一日、よく我慢したと自分を褒めてやりたかった。
　会いたいとか、寂しいとか、藍はなんの気なしに口にするけど……俺のほうが我慢していることを、まったくわかってない。
　会いたくてたまらないのも、好きでたまらないのも俺のほう。
　俺がどれだけ――藍が可愛くて可愛くて仕方ないと思っているのか、少しも気づいてない。
　ていうか、今日のは拷問だった。
　俺の部屋に藍がいるってだけでたまらないのに、ベッドに寝転んで、俺の匂いがするとか言うし……さっきのキスだって……。
「あー……天然小悪魔だな……」
　頬に残る感触から、熱が広がっていく。

いい加減、無意識に人を煽るのはやめてくれと言ってやりたかった。
　俺は大学生で、藍は高校生。3つの年の差は、いつだって俺の行動を妨げた。
　藍が同じ年なら、きっと今すぐに告白して、自分のものにしている。
　藍は自分の彼女だと、世界中に言って回りたいくらい。
　何度この年の差を恨んだか、もうわからないほど。

　初めて会ったのは、俺が7才の頃。
　父さんの会社が建設したマンションに、同じ日に引っ越してきた。
　両親同士の仲がよく、まるで兄妹のように育った俺たち。
　最初は俺も、藍のことを可愛い妹だと思っていた。
　好きだと自覚したのがいつなのかは、はっきりと覚えていない。
　でも、自分の気持ちを認めたのは……高校1年の頃だと覚えている。
　昔から、藍以外の女の子を特別には可愛いと思ったことがなかった。
　小学校高学年になった頃から、周りの女の子によく告白されるようになったけど、誰かと付き合うなんて考えは少しも持っていなかった。
　他の女の子と遊ぶくらいなら、藍と遊んであげたい。
　世界一可愛い、俺の妹だから。

そう思っていたのに……。
『ねぇ宗ちゃん……宗ちゃんは、誰かと付き合ったことある？』
　中学１年生になった藍の言葉に、俺は目を見開いた。
『……どうしてそんなこと聞くの？』
　とてつもなく嫌な予感がした。
『あのね……最近、告白？をよくされるんだけど、私はそういうのわからなくって……でも、友達はみんな恋人を作り始めてるみたいで……』
　……は？
　自分の身体の奥底から、感じたことのないような感情が湧き上がった。
　いったい今までどこに隠れていたんだと思うほどドス黒く、言い表せないようなおぞましいその感情は、一瞬にして俺の身体を支配する。
　嫉妬とか独占欲とか、そんなものはゆうに超えていた。
『告白？　誰にされたの？』
　いったいどこの馬の骨が……俺の藍に手を出そうとしたんだ？
　そう言いそうになった自分に、俺自身が一番驚いた。
　そしてすぐに納得したんだ。
　ああ俺は――藍のことを妹だなんて思っていなかっただって。
　知らない間に、１人の女の子としか思えなくなっていた。
　もう１人の自分が、『今更気づいたのか？』と呆れ笑っ

ているのが聞こえた気がした。
　本当に、どうして気づかなかったのか不思議なくらい。
　1度認めた気持ちは、タガが外れたように溢れかえった。
『えっと……今日は1組の金澤くんと、同じクラスの中塚くん』
『今日はって……』
　そんなに何回も告白されてるの……？
　確かに、藍はどれだけ見ていたって飽きないほど可愛い。
　中学に入った頃なんてとくに……恋愛話に浮き足立つ年頃か。
　このまま放っていたら、周りの友達やらに流されて、しょうもない恋人でも作りかねない。
　俺はその日から、藍に釘を刺し、男と遊ぶことを遠回しに禁止した。
　そして——。
『私……宗ちゃんが好きなのっ……！』
　藍に初めてそう言われた日のことを、今でもはっきりと覚えている。
　すぐに、『俺もだよ』と言いたかった。
　でも……そのときも今も、俺は藍の告白を受け入れることはできない。
　理由はたくさんある。
　さっきも言ったように、年の差は一番大きな問題だけれど……それが一番の悩みになったのは、藍のお父さんに原因があった。

両親の寵愛を、一身に受けて育った藍。

1人娘で、あの可愛さだ。両親がメロメロになるのも無理はない。

藍のお父さんはとくに、蝶よ花よと藍を育てていた。

そして……そんな藍のお父さんに、俺は常に要注意人物として見られていた。

お父さんが俺のことをよく思っていないのは知っていたけど、ダメ押しされたのは、藍に告白される少し前。

『宗壱。お前、藍に手を出したら今後一切会わせないからな』

いったいいつから、俺が藍に向ける気持ちに気づいていたんだろうと思ったけど、どうやら違ったらしい。

藍は俺に告白する前に、あろうことか自分の父親に相談していた。

そして、藍が俺を好きだと知った藍のお父さんが、俺に釘を刺しに来たというわけだった。

本当は藍のお父さんの言葉なんて無視して付き合ってしまいたかったけど、そうもいかない。

藍に会わせないぞと言ったその目が、本気だったから。

それに、一生の付き合いになるんだから、藍の両親とは仲良くしたかった。

2人で激論した末、俺は藍のお父さんと約束を交わした。

藍が18才になるまでは交際禁止。藍が俺のことを好きじゃなくなったときは、潔く諦めるといったもの。

他にも、藍への気持ちを態度で示せと言われ、学業は常に首席、椎名グループの跡取りとして相応しい男にならな

ければ認めないとまで言われた。
　この約束のせいで、俺は藍が18才になるまで、身動きが取れなくなってしまったんだ。
　もちろん、学業のほうはきっちりと、藍のお父さんが納得する以上のものを残している。
　藍を手に入れるために、俺は必死に生きてきた。
　藍が18才になるまで……あと２年と少し。
　待ちに待ったその日が、早く来ないかと願う毎日。
　藍、もう少しだけ待って。
　18才の誕生日に……俺からちゃんと伝えるから。
　それまで頼むから——俺のことを好きでいてくれ。
　18才になっても藍が俺のことを『好き』と言ってくれたら——もう一生、手放す気はない。
　……なんて、違うか。
　18才になるまで他の男に目がいかないよう、俺を好きでいてもらう。
　もし他のヤツを好きになったって……もう一度好きにさせればいい。
　内心俺は、藍を手に入れることしか考えていない男なんだから。

「はぁ……」
　家に着いて、ソファに座る。
　深く背中を預けながら、片手で額を押さえた。
　藍の好意から目を背けるのは、本気でつらい。

本当は昔みたいに、とことん甘やかして優しくしたいのに、あんまり優しくしたら藍の求愛がエスカレートしそうで、素っ気ない態度をとることしかできなかった。
　そばにいたら、好きだと毎回うっかり口に出してしまいそうになる。
　それが怖くて、1人暮らしをしてまで藍から離れたというのに……。
　必死に好きだと伝えてくる藍が可愛すぎて、頭が痛い。
　勘弁してくれと、もう降参したい気分だ。
　でも……ここまで耐えたんだ。
　あと2年……あと2年我慢すれば、もう一生、藍は俺のもの。
　お父さんにも、文句を言わせない男になって……正々堂々と藍をもらう。

　バスルームに入って、シャワーをすませた。
　髪も半乾きなまま、今日の分の仕事と大学のレポートを進める。
　ふと時計を見ると、時刻は夜の9時になっていた。
　スマホを開いて、藍とのトーク画面に移る。
　【おやすみ】とだけ書いたメッセージを送信すると、すぐに既読がついた。
　なんていうか、藍は駆け引きとかそういうのをまったく知らないんだろうな。
　そういうところが……たまらなく可愛いけど。

なんて返事が来るだろうと思っていると、着信画面に切り替わった。
　驚きながらも、藍からのそれを受話する。
「……もしもし」
『ふふっ、宗ちゃん、おやすみなさい』
「何笑ってるの？　ていうかわざわざ電話じゃなくていいでしょ」
『だって……声聞きたくなっちゃったんだもん……』
　藍のその言葉に、俺はごくりと息を呑んだ。
　……っ、駆け引きはしないくせに、なんでこんな言葉を無自覚にポンポン言ってくるんだろう……。
　狙ってるのかと思うくらい、いつも俺の心臓をダイレクトに刺してくる藍。
「はいはい。もう聞けたからいいでしょ？　切るよ」
『声聞けたのは嬉しいけど……声を聞いたら会いたくなっちゃった……』
　もう今すぐに、家を飛び出して藍のもとへ行ってしまいたい。
　何が『会いたくなっちゃった』だ。本当に、俺がどれだけ我慢してるのか、いい加減自覚して……。
　クソッ……と、衝動のままに動けない今の状況を恨んだ。
「……会おうと思えばいつでも会えるんだから、わがまま言わない」
　本当はそんな可愛いわがままなら、いくらでも聞いてあげたいのに。

『うん……』
「明日も学校なんだから、今日はもう寝なさい。わかった？」
『……はい……』
　スマホ越しに聞こえる寂しそうな声に、ぐっといろんな感情を堪えた。
　ごめんね、藍。こんな言葉しかあげられなくて。
「それじゃあ、おやすみ」
『うん……おやすみ、宗ちゃん。……大好き』
　プツリと、途絶えた通話。
　俺はスマホをソファのほうに放り投げて、頭を抱えた。
「はあ……このままじゃ、天然小悪魔に殺されそう……」
　藍の『大好き』が、脳内で繰り返される。
　そのたび、蓄積された愛しさが今にも溢れかえってしまいそうで、必死に自分に言い聞かせた。
　あと２年、あと２年だ……。って、２年ってまだまだ先だな……。
「はぁ……もう寝よう」
　そう呟いて、寝室へと向かった。

　ベッドに横になろうとしたとき、先ほどの光景を思い出した。
　いつも俺が寝ているこのベッドに藍が寝転ぶ姿に、口には出せないような感情がいくつも湧き上がった。
　きっとなんの気なしに藍はあんなことをしたんだろうけど……男のベッドに気軽に寝転ぶなんて、いろんな意味で

複雑だった。
　もしかして、無自覚に他の男にも……いや、他のヤツの家になんて、上がらないか。
　藍は天然で少しおバカだけど、そういう常識は備わっている。
　昔から、俺からも父親からもきつく言われてきたから。
　きっと俺だからあんなことをしたんだろうし……。藍はどんな目で俺に見られているか知らないから、あそこまで無防備になれるんだろうな。
　気を許してくれているのは嬉しいけど、内心複雑。
　ゆっくりとベッドに寝転ぶ。
　さすがに藍の匂いが移っているなんてことはなかったけど、それでも平常心ではいられなかった。
　ダメだ……眠れそうにない。
　その日、結局一睡もできずに朝を迎えたことは、言うまでもない。

02＊伝わらない「大好き」

「……藍、何してるの？」

「おはよ、藍」
　挨拶をしてくれた２人に、私も返事をする。
「おはよう、ルリちゃん理香ちゃん」
　笑顔でそう言って、自分の席に座った。
「……で？」
「……でって……？　なあに、ルリちゃん」
「なあに、じゃないわよ可愛いわね!!　昨日ＨＲ(ホームルーム)終わった途端(とたん)、『宗ちゃんのところ行ってくる！』って帰っちゃったじゃない。どうだったのよ」
　ルリちゃんの言葉に続くように、「何か進展あったのか!?」と聞いてきた理香ちゃん。
　どうやら私のことを心配してくれているらしい２人に、口を開いた。
「会えたよっ。それでね、宗ちゃんのお家に入れてもらったの……！」
「「家!!??」」
　大きな声をそろえた２人に、思わずびくりと肩が跳ねる。
　そ、そんなに驚くことかな……？
「そ、それで!?　家に行って何したの!?」
「ちょっ、ルリ！　お前、聞き方……！」
「何って……見せてもらっただけだよ？　そのあとすぐに帰ったから」

私の言葉に、2人はさらに驚いた様子で「「え!!」」と声をあげた。
「藍と2人きりで、何もしないなんて……」
「なんて男だ……」
　2人とも、何をボソボソと話してるんだろう……？
　衝撃を受けたように口を開いたまま固まる2人に、私は首を傾げる。
「ほんとーに何もなかったの？」
　最終確認とでも言わんばかりに聞いてくるルリちゃんに、返事に困ってしまう。
　何もって……それは、進展っていう意味で？
「うん……宗ちゃん、私が来てちょっと面倒くさそうにしてたし……」
　進展なんて……。
「……あ」
　あることを思い出して、一気に顔に熱が集まった。
「……な、何よ、その顔……！」
「やっぱり何かあったのか……!?」
「え、えっと……」
　あったといえば、あったかもしれないっ……。
「か、帰り際に……キ、キス……」
「「キス!!??」」
　大声を出した2人に、慌てて「しー！」と指を立てる。
　み、みんな見てるっ……！
「ご、ごめんごめん。で？　なんでキス!?」

「なんて言われてキスされたの!?」
「ち、違……あの、私から……」
「「藍から!!??」」
「も、もうっ、2人とも、声が大きいよ……!!」
　小声で注意した私に、2人は申し訳なさそうに苦笑い。
「まさか藍がそんな肉食系だったなんて……」
「その男、幸せもんだな……で、向こうの反応は?」
「わかんない……ほっぺにちゅってして、逃げてきちゃったから……」
　私の言葉に、2人はまたもや声を合わせた。
「「あー、ほっぺか」」
　よかった……と何を安心しているのか、胸を撫で下ろしているルリちゃんと理香ちゃん。
　ほ、ほんとに、なんなんだろう……いったい……。

　お昼休みになり、誰を誘おうかと教室を見渡す。
　今日はいつも一緒にお弁当を食べているルリちゃんと理香ちゃんはそれぞれ用事があって、教室を出ていってしまった。
　1人で食べるのは寂しいので、仲のいい女の子グループに声をかけようとしたときだった。
「あれ、藍ちゃん1人?　神崎と堀内は?」
　颯くんに声をかけられ、振り返る。
「ルリちゃんは委員会で、理香ちゃんは部活の集まりがあるんだって」

そう言うと、颯くんは「そうなんだ……！」と言ったあと、何か言いたそうに私を見てきた。
　……？　どうしたんだろう……？
　私も、じっと颯くんを見返す。
「あの、よかったらなんだけど……お昼俺と食べない？」
　どうやら、お昼ごはんのお誘いだったみたい。
　私も一緒に食べる人を探していたから、嬉しいお誘いだけど……そんなに言いづらいことかな？
「うん！　食べよう！」
　笑顔で返事をすると、颯くんはパアッと表情を明るくさせた。
　2人で、私の席と隣の席を向かい合わせにして座る。
　あれ？　でも、そういえば……。
「他のお友達は？」
　颯くん、いつも一緒に食べてる子はいいのかな？
「あー……きょ、今日はいいんだ。それとも、俺と2人は嫌かな？」
「ううん、そんなことないよ。颯くんと話すの楽しいから」
「……っ、そ、そう言ってもらえて嬉しいよ」
　机の上にお弁当を広げて、お箸を持つ。
　そのとき、少し離れた席にいる男の子のクラスメイトが、颯くんに声をかけた。
「お！　颯、新城さんと2人で食べてるじゃん……！」
「俺らも誘えよな……！」
　……ん？

あの子たちも、颯くんと食べたいのかな？
「ちょっ、頼むから邪魔しないで……！」
　男の子たちのほうを見て、何か小声で言う颯くん。
「はいはい、仕方ねーな。応援(おうえん)してやるよ！」
「颯ファイト！」
　颯くんに向かってガッツポーズをする男の子たちに、卵焼きをもぐもぐと食べながら首を傾げた。
　お昼ごはんを食べるだけなのに、いったい何がファイトなんだろう……？
「颯くん、今日何かあるの？」
「えっ？　どうして？」
「ファイトって……」
「あ、ああ、藍ちゃんはあいつらのこと、気にしないでいいから……！」
　そうなの……？
　気になったけど、これ以上深入りする話でもないのかなとお弁当を食べる手を進めた。

　他愛もない話をしながら、昼食をすませる。
　まだ20分以上昼休みが残っているので、颯くんと話しながら過ごしていた。
　その間も、5分に1回くらいの高頻度(こうひんど)でスマホを確認。
　スマホはあまり触らないほうなのに、気になって仕方がない。
　宗ちゃんから、返事来ないなぁ……。

おはようのメッセージをしたけど、既読がついたままで、なんのリアクションも返ってきていなかった。
「藍ちゃん？　どうしたのスマホじっと見て……」
　颯くんの言葉に、ハッとする。
「ううん、何もないの」
　いけない、いけない。他の人と話しているときに、スマホばっかり見てちゃ……。
　バイブレーションの設定をして、ポケットにスマホをしまった。
「あ、あのさ……」
　私を見ながら、なぜか言いにくそうに口を開いた颯くん。
「藍ちゃんって……付き合ってる人とか、いるの？」
「……え？」
　予想外の質問に、少し驚いた。
「どうして？」
　なんで、そんなこと聞くんだろう？
「えっと……今日の朝、神崎たちと話してるの、ちょっと聞こえちゃって……家に行ったとか……」
　ああ、なるほど……と、納得する。
「ううん、恋人じゃないよ。幼なじみなの」
「あ……そ、そうだったんだ！」
　私の返事に、心底ホッとしたような表情をする颯くん。
　それに疑問を感じながらも、言葉を続けた。
「でも……私はその人のこと好きなんだ」
　今はただの幼なじみでも……いつか、宗ちゃんの恋人に

なりたい。
　私の将来の夢はずっと前から、"宗ちゃんのお嫁さん"だもん……！
「え……」
　颯くんが、驚いたように声を漏らした。
　そして、無理に作ったような笑顔を浮かべる。
「あ……そ、そっか！　好きな人がいたんだ……！」
　颯くん、さっきからどうしたんだろう……？
　なんだか、様子が変？
「……って、待って。片想いってこと？　藍ちゃんが？」
　いったいどこに驚いているのか、確認するように聞かれ、私はすぐに返事をする。
「うん、そうだよ」
「相手の人は、藍ちゃんのこと好きじゃないの？」
「きっと妹みたいに思ってるよ。私が何回告白しても、流されちゃって……全然恋愛対象として見てもらえないの」
　そう言うと、颯くんは信じられないといった様子で目を見開いた。
「へぇ……そんな男いるんだね……」
　……？　どういう意味だろう……？
「その……幼なじみの人とは、よく会うの？　頻繁に家に行くくらい仲いいの？」
　疑問が解消しないまま、次の質問を投げられる。
「ううん。実家にはよく行っていたけど、その人が１人暮らししている家に行ったのは昨日が初めてなんだ。会う頻

度も……全然多くなくて……」
　次いつ会えるのかも、わからないもん……。
「会いたいのは私ばっかり。そりゃあ、宗ちゃんは私のことなんて、なんとも思ってないから仕方ないけど……」
　ポツリポツリと、口から零れる言葉。
　じっと私を見ながら話を聞いてくれる颯くんと目が合って、ハッとした。
「って、ごめんね、こんな話して……！」
　颯くんにとっては、面白くもなんともない話をしてしまった……！
「ううん、俺でよかったらなんでも話してよ。同じ男として、なんかアドバイスできるかもしれないし、それに……」
　優しい眼差しで私を見ながら、ふっと笑った颯くん。
「藍ちゃんが悲しそうにしてるのに、見てるだけなんて嫌だから。何か悩んでるときは、いつでも俺に言って！　俺、面白いこと言って笑わせるから！」
　その言葉に、なんだか心が軽くなった気がした。
「ふふっ、ありがとう、颯くん」
　私は本当に、いい友達に恵まれているなと思う。
　自然と口元が緩んで、颯くんに笑顔を向けた。
　颯くんの顔が、なぜか一瞬で真っ赤に染まる。
　どうしたんだろう……？　もしかして、風邪(かぜ)？
　大丈夫(だいじょうぶ)かなと心配になり、熱があるか確かめようと颯くんの額に手を伸ばす。
「……あら、あたしたちがいない間に、すっかりいい感じ

になってるじゃない」
　……え?
　ルリちゃんの声が聞こえて、伸ばした手を止めた。
「そうだなぁ〜。邪魔すんのも悪いし、ここで見守っとくか?」
　どうやら理香ちゃんも戻ってきていたらしい。廊下側の窓枠に肘をつき、ニヤニヤと意味深な表情で私たちを見ている2人。
「2人ともおかえりっ……!　どうして教室入らないの?」
「ふふっ、いいの。あたしたちはここで淡い青春を眺めさせてもらうから」
　ルリちゃんの返事に、首を傾げる。
　淡い青春……?
「……藍ちゃん、この2人に意地悪されてない?」
　え?
　颯くんは何かを察したのか、げっそりと疲れた表情で私にそう聞いてきた。
「さ、されてないよ!　2人ともとっても優しいから」
「そっか……てことは、藍ちゃん限定で優しいのかな……」
　な、なんだろう……まるで、2人が意地悪みたいな言い方っ……。
　私だけが状況の理解ができていないのか、頭の上にはいくつものはてなマークが並んでいた。
「ひどい言われようね〜。あたしたち、七瀬のこと応援してやってるのに」

「ほんとだよな、うちらはお前の味方だぜ～」

颯くんにそう言いながら、教室に入ってきた2人。

「もう、心強いのか、ありがた迷惑なのかどっちかわからなくなるよ……」

颯くんは、そう言って頭を押さえた。

「で？　なんの話してたの？」

「宗ちゃんの相談をしてたの！」

ルリちゃんの質問に私が答えると、理香ちゃんが口元を手で隠した。

「……わお、とんだ修羅場だな」

修羅場……？

「別に修羅場とかじゃないから……」

やっぱり颯くんは話の内容を理解しているらしく、いち早く突っ込みを入れる。

「幼なじみの相談ならあたしたちが聞いてあげるから、七瀬は勘弁してあげなさい」

「もうマジで黙って、神崎……」

私を置いて話を進めるみんなに、頭の中は混乱状態。

ま、待って、私のこと置いてかないでっ……と、心の中で叫んだ。

そのとき、ポケットに入れているスマホが震えた。

「あっ……！」

もしかして、宗ちゃん……!!

慌ててスマホを取り出し、確認する。

新着メッセージ1件、の文字。

すぐに中身を確認すると、送り主は待ち望んでいた人ではなかった。
【お母さんたち明日から１週間旅行だから、今日は３人でごはんに行こうって話してるの！　何時に帰ってくる？】
　お母さんからの連絡に、肩を落とす。
　って、この言い方じゃ、お母さんがかわいそう。ごめんねお母さん……！
　宗ちゃんじゃないかって、勝手に期待しちゃった私が悪い……。
「どうしたの？　もしかして……幼なじみからの連絡？」
　颯くんの言葉に、苦笑いを返す。
「……ううん。そう思ったけど、お母さんだった……」
　お母さんには、【授業終わったらすぐに帰るね！】と返事を送った。
　私の両親はとても仲がよく、年に数回は２人で旅行に行っている。
　もちろん家族旅行も行くけど、お父さんの休みが不定期だから、平日に学校がある私はお留守番することも。
　２人の仲がいいことはとっても嬉しいから、２人で旅行に行くことはなんとも思っていないし、むしろ息抜きにゆっくりしてきてほしいと、私がいつも勧めているくらい。
　お父さんは過保護で、私を１人置いていくのは危ないから嫌だって言ってるけど……夫婦２人の時間も大切だと思うし、マンションのセキュリティもしっかりしてるから、大丈夫！　もし泥棒が来たって安心！

そんなことを考えながら、宗ちゃんから連絡が来る気配がないので、もう一度スマホをポケットに戻した。
「ちょっと藍が押しすぎなんじゃない？」
　……え？
　私を見てそう言うルリちゃんに、ぽかんと口を開けた。
「押しすぎ……？」
　って、どういうこと？
「そうそう、そいつ多分、藍に好かれてる自信があるから余裕ぶっこいてんだよ」
　ルリちゃんに同意するように、うんうんと頷いている理香ちゃん。
「恋は時に駆け引きも必要よ？　押してダメなら引いてみろって言うでしょ？」
　確かに、そんな言葉は聞いたことがあるけど……。
「ひ、引くって、どうするの？」
　私はめっぽう恋愛には疎いというか、恋愛術を身につけていないから、やり方がわからない。
　すると、そんな私にルリちゃんと理香ちゃんが説明を始めてくれた。
「まず、藍からの接触を断つ」
「連絡すんのとかも１回やめてみ？　そんで、向こうからの連絡待ってみろよ」
　え……そ、そんなの、私が我慢できないっ……。
「宗ちゃんと連絡もとれないなんて、私、寂しくて死んじゃう……」

宗ちゃんとの関わりが毎日の楽しみなのにっ……。
「ウサギか、このヤロー！　可愛いな、このヤロー!!」
　よくわからないことを言って抱きついてきた理香ちゃんのせいで、首がぎゅっとしまった。
　う……く、苦しいっ。
「理香、離してあげなさい。ま、押してダメなら引いてみろ作戦は定番よ！　結構きくから試してみなさい！」
「そうだそうだ！　余裕ぶっこいてるその幼なじみを焦らせてやれ！」
　そ、そうなの……？
　よくわからないし、宗ちゃんは私からの連絡がなくなったところで、平気どころかお守りがなくなって喜ぶだけなんじゃ……。
　って、自分で思っておいてなんだけど、悲しいっ……。
　でも、事実だもんなぁ……。
　確かにルリちゃんたちの言うとおり、押しすぎている自覚はある。
　宗ちゃんに連絡しないなんて拷問だけど……何か変わる可能性があるなら、我慢してみようかな……。
「寂しいなら、俺たちと遊ぼうよ」
　そう言って、微笑んでくれた颯くん。
　颯くんはほんとに、優しさ100%だ……。
「あら〜、上手に乗るのねぇ」
「"俺たち"じゃなくて"俺"だろ？」
「もういい加減にしてくれ……」

何やらまた、私を置いて３人の会話が繰り広げられているけど。
「ふふっ、みんなありがとう」
　心配してくれる気持ちが嬉しくて、笑顔が零れた。
　よーしっ……。
　"押してダメなら引いてみろ作戦"、決行だっ……！

　スマホとの長い睨めっこの末、呆気なく敗北を悟（さと）った私は「はぁ……」と深いため息をついた。
「なーにため息ついてんのよ。幸せが逃げるわよ」
「ううぅ……」
　ルリちゃんの言葉に、唸（うな）り声にも似た返事をする。
　もう、ため息しか出ないよぉ……。
「この世の終わりみたいなオーラ出てるわよ」
「だって、１週間連絡一切なしだよ……」
　そう言って、机にうつ伏せた。
　あの日以降、私から連絡するのをやめた。
　いつもなら何度無視されたってしつこくメッセージを送っているところだけど、本当に一度も送っていないし、電話もしていない。
　そして……案の定、宗ちゃんからの連絡もなかった。
　この一週間、私は屍（しかばね）のようになっている。
　これ以上の宗ちゃん断ちは、生死に関わってくる気がするっ……。
　もう"押してダメなら引いてみろ作戦"なんてやめて、

私から連絡しようかな……。
「ほら、いちごチョコあげるから元気出しなさい」
「うう……ありがとう……」
　「あーん」と、私の大好きないちご味のチョコレートを差し出してきたルリちゃん。
　ぱくりと食べると、口の中に甘みと少しの酸味が広がる。
　いつもならもっと甘いのに、今日はなんだか酸味が強い気がした。
「もーそんな男やめちまえば？」
　心配してくれているんだろうけど、理香ちゃんの言葉に力なく首を左右に振った。
　やめるとかそういうのは、考えられないよ……。
「やめられない……」
　だって私は、宗ちゃんが大好きだもん。
　宗ちゃんにとって大した存在じゃなくても、どれだけ突き放されても、相手にされなくても……。
　大大大好きなんだもん……。

「じゃあ、あたし委員会行ってくるわ〜」
「うちも部活行ってくる！」
　放課後になり、ルリちゃんと理香ちゃんに手を振る。
「バイバイ２人とも」
　私はもう学校に用はないから、荷物を持って校舎を出た。
　今日の夜、宗ちゃんに電話しようかなぁ……。
　少しでいいから声が聞きたい。

できることなら会いたいけど……それはきっと無理だと思うから。
　宗ちゃんは忙しいもん。私なんかに、構ってられないくらい……。
「藍ちゃん……！」
　正門を出たとき、背後から名前を呼ばれた。
　振り返ると、そこにあったのはよく知った人の姿。
「颯くん？」
　私のほうへ走ってくる颯くんの姿に、首を傾げる。
　颯くんは私の目の前まで来て、足を止めた。
「えっと……今日は１人？」
「うん。２人とも用事があるみたい」
「そっか……藍ちゃんって電車通学だよね？　よかったら、駅まで一緒に帰らない？」
　断る理由もないので、私は笑顔で頷いた。

　学校から最寄駅は、徒歩10分くらい。
　同じ制服を身に纏う人がちらほらと見える中、２人で駅までの道を歩く。
「例の幼なじみとは、最近どうなの……？」
　そう話を切り出してきた颯くんに、苦笑いを浮かべた。
「あれ以来連絡してないんだけどね……向こうからも、１回も連絡来ないの……」
「そ、そうなんだ」
　……ん？

どうして颯くん、ちょっと嬉しそうなの……？
　不思議に思ったけど、気のせいかな？
「ざ、残念だね……」
「うん……」
　残念なんて言葉じゃ、足りないくらい……。
「やっぱり、宗ちゃんにとっては私の存在なんてその程度なんだなって、痛感させられちゃた……」
　あははと、乾いた笑みが零れる。
　笑ってでもいないと、悲しくて眉が勝手に下がってしまうから。
　ダメダメ、こんなことで落ち込んでちゃ……。
　でも、さすがに今回は、つらいなぁ……。
「……あ、あのさ」
「どうしたの？」
　深刻な表情で、私を見てくる颯くん。
「どうしても、そいつじゃなきゃダメ……？」
「え？」
　どういうこと……？
「今はまだ無理だろうけど、この先に他のヤツを好きになるとか……考えたこと、ない？」
　なんでそんなこと聞くんだろうと思ったけど、質問の答えを返す。
「うん……考えたことないや」
　多分、たったの１度もない。
　そのくらい、私が宗ちゃんのことを好きな気持ちは、当

たり前のようなものだった。
　それが普通で、宗ちゃんのことを好きなのが私。
　宗ちゃんのこと好きじゃない自分なんて……想像もできない。
「じゃあ、これから──」
　颯くんが何かを言いかけたとき、私たちの横を車が通り過ぎた。
「あれ？」
　見覚えのあるその車は、すぐ前で路肩に停車する。
　驚いて車を見つめていると、運転席から大好きな人が現れた。
「そ、宗ちゃん……！」
　ど、どうしてこんなところにいるの……！
　嬉しさよりも、驚きのほうが勝った。
　開いた口が塞がらず、ぽかんと間抜けな顔をしている私に、歩み寄ってくる宗ちゃん。
「……藍、何してるの？」
　そう言ってきた宗ちゃんの声は、どこか怒っているように聞こえた。
　そ、それはこっちのセリフだけど……。
「帰ってる最中だよ？」
　そのままを伝えると、宗ちゃんは視線を私から颯くんに移した。
「この男の子は？」
　にっこりという効果音が付きそうなくらい、まるで作っ

たような笑顔を浮かべた宗ちゃん。
　どうしてか"子"を強調したような言い方も気になったけど……。
「あ、颯くんは──」
「藍ちゃんのクラスメイトで友人です。いつも仲良くさせてもらってます」
　私が説明するよりも先に、颯くんがそう言った。
　颯くんのほうを見ると、なぜか颯くんも不自然なほどの笑顔を宗ちゃんに向けている。
「へぇ……」
　宗ちゃんは、笑顔を崩さず口を開いた。
「うちの藍と仲良くしてくれて、どうもありがとう」
「いえ、あなたにお礼を言ってもらわなくてもいいですよ。所詮(しょせん)幼なじみですもんね」
　な……なんだろう、この不穏(ふおん)な空気……。
　気まずすぎる雰囲気に、私は１人苦笑いを浮かべた。
「……まあいいや。藍、帰るよ」
「え？」
　宗ちゃんが、私の手をつかんできた。
　どきりとして、触(ふ)れられた箇所(かしょ)が一気に熱を持つ。
「じゃあ、連れて帰らせてもらうね？」
　颯くんに、再びにっこりと微笑んだ宗ちゃん。
「……っ」
　颯くんは何やら、悔(くや)しそうに下唇を噛みしめた……ように見えた。

連れて帰るって……宗ちゃん、私に何か用事……？　もしかして、お母さんに何か頼まれたのかな？
　そうでもないと、宗ちゃんが私を迎えに来るなんて、ありえないよねっ……。
「颯くん、ごめんね……」
　一緒に帰ってくれていたのに申し訳なくて、そう謝る。
「ううん、気にしないで。毎日会えるんだから」
　やけに"毎日"を強調して、一瞬宗ちゃんのほうを見た颯くん。
「ありがとうっ……！　また明日！」
　颯くんによる謎(なぞ)の行動の数々が気になったけど、宗ちゃんが私の手を引っ張り歩こうとし出したので、慌てて手を振って歩き出した。
「バイバイ、気をつけてね」
「うんっ」
　笑顔で頷き返して、宗ちゃんについていく。
　焦っているみたいに、強引に引かれる手。
　宗ちゃんは車の前まで来ると、私の手を離した。
「早く乗って」
「う、うん……！」
　素っ気ない言い方に、戸惑(とまど)いながら助手席に乗る。
　宗ちゃん……何か怒ってる……？
　冷たい表情で前を見ながら車を発進させた宗ちゃんに、そう感じずにはいられなかった。

「俺に飽きたから次はあいつにするの？」

　家に向かって進む車内では、気まずい空気が流れていた。
　宗ちゃんは、ひと言も話さない……。
　いつもなら、『最近学校はどう？』とか聞いてくれるのに……やっぱり、何か怒ってるのかな……？
　というより……どうして迎えに来てくれたんだろう？
　さっきはなぜか颯くんと険悪な雰囲気だったし、もうわからないことだらけ。
「そ、宗ちゃん」
「……何？」
　気まずさに耐えきれず、何か話そうと思った私に返ってきた声は、随分と素っ気ないものだった。
　いつもの宗ちゃんなら、『どうしたの？』って返してくれる。
　それなのに……。
「きょ、今日はどうして迎えに来てくれたの？」
「家に帰る用事があったんだ。ちょうど藍の高校が終わる時間帯だったからついでに拾って帰ろうと思って」
「そ、そっか……」
　無表情のまま、言い切った宗ちゃんに、そんな言葉しか返せない。
　どれだけ素っ気なくても、いつだって表情や口調は優しかったのに……今の宗ちゃんは、少しだけ怖かった。

「宗ちゃん……何か怒ってる……？」
　恐る恐る、そう聞く。
「怒ってないよ」
　すぐに戻ってきた返事。
「でも……」
　でも……？
　続けて何か言いかけた宗ちゃんは、言うのをためらうように口の端を曲げた。
　その横顔をじっと見つめていると、宗ちゃんの口から小さな声が零れる。
「……さっきの男、何？」
「え？」
　さっきの男って……。
「颯くんのこと？」
　どうしてそんなこと聞くんだろう？
　もしかして、宗ちゃんは颯くんが苦手なのかな……？
　基本的に誰とでも仲良くできる宗ちゃんが、否定的な反応を誰かに示すなんて珍(めずら)しい。
「クラスメイトだよ？」
「さっきも言ったけど」……と付け足せば、宗ちゃんは再び質問を口にする。
「仲いいの？」
「うん！　すごく優しい人だよ」
「へぇ……優しい人……ね」
　意味深な言い方に、首を傾げる私。

「気をつけたほうがいいよ」
　気をつける……？
　ダメだ、さっきから宗ちゃんが言ってることが全然理解できない。
「気をつけるって……？」
「藍に好意があるかもしれないでしょ？」
　予想外の返事に、思わず「へ？」と変な声が零れた。
　颯くんが、私を好きかもしれないってこと……？
「ふふっ、ありえないよ」
　絶対に違うと言い切れた。
　だって颯くんは、友達の贔屓目を抜きにしても、すごく魅力的な人。
「颯くんモテモテなんだよ？　私のことなんてなんとも思ってないよ」
　あんな素敵な人が私を好きになるなんてありえない。
　考えたこともなかったし、もし万が一にでもそんなことがあれば、颯くんは相当な物好きだ。
　想像するだけでおかしくて、口元が緩む。
「……藍はあいつのこと、どう思ってるの？」
　……え？
　なぜかさっきよりも不機嫌なトーンの声を投げられて、びくりと肩が跳ねる。
「どうって……」
　優しくて、いい友達だと思ってるけど……。
「前は毎日のように連絡してきたのに、この１週間連絡１

つなかったし。俺に飽きたから次はあいつにするの？」
　私が返事をするよりも先に、宗ちゃんはそう言った。
　衝撃的な発言に、宗ちゃんを見たまま固まる。
　宗ちゃん……私から連絡がないこと、気づいてたの？
　って、毎日連絡してたから気づいて当たり前だけど……宗ちゃんにとってはなんでもないことなんだろうって思ってたから。
　少し拗(す)ねたような宗ちゃんの言い方に、驚きすぎて理解が追いつかなかった。
　もしかして宗ちゃん、私からの連絡、少しは楽しみにしてくれてたのかな……？
　わからないけど……嬉しい。
　少しでも、私のことを気にしてくれたことが……。
　嬉しくて嬉しくて、言葉が出ない。
　じっと宗ちゃんを見つめることしかできずにいると、宗ちゃんはまるで失言してしまったというように、ハッとした様子で下唇を噛んだ。
「……っ、ごめん。今の忘れ──」
「あ、あのね……」
　この1週間、悲しくて寂しくてたまらなかったけど、我慢してよかったと思った。
　宗ちゃんの中に、少しでも私の存在があるってわかったから。
　本当に、心の隅(すみ)の隅の、すごーく小さなスペースだけかもしれないけど……それでも充分(じゅうぶん)。

「1週間前から、"押してダメなら引いてみろ作戦"をしてたの」
　なんだかすごく誤解させてしまったみたいだから、ちゃんと伝えようとネタバラシした。
「……え？」
　宗ちゃんが、ちらりと私のほうを見る。
　一瞬視線が交わった宗ちゃんの目は、驚いたように見開かれていた。
「友達に宗ちゃんのこと相談したらね、私がちょっと押しすぎだって言われて、あんまり好き好きってアピールしないほうがいいってアドバイスしてもらったの……！」
　少しでも宗ちゃんに気にしてもらいたくて、私のこと考えてもらいたくて……。
　でも、やっぱり私には駆け引きなんてできないな……。
　好きな人に、こんな誤解させちゃうなんて……これからは、もっと別の方法で、私らしく好きって気持ちを伝えていこう。
　そしていつか、宗ちゃんも私のこと……好きになってくれたら、いいなぁ……。
「だから、誤解だよっ……私が宗ちゃんに飽きることなんてないもんっ……」
　宗ちゃんに、声を張ってそう伝えた。
「……って、大きい声出して、ごめんなさい……」
　運転中なのに……と、申し訳なくなって宗ちゃんのほうに向けていた体勢を戻して、前を向く。

すると、宗ちゃんはポンッと頭に手を乗せた。
「ううん、俺のほうこそごめん……いろいろと」
　運転しているから視線は前を向いているけど、その表情が優しいものに変わったとすぐにわかる。
　って、いろいろ……？
　聞き返そうと思ったけど、いつのまにかマンションに着いていて、駐車(ちゅうしゃ)をしている宗ちゃんに声をかけるのをやめた。
　エンジンを切って、シートベルトを外した宗ちゃん。
「宗ちゃん、今日はお家に泊(と)まるの？」
　気になっていたことを聞くと、宗ちゃんは私のほうを見て微笑んだ。
「うん。今日は泊まって明日の朝帰るよ」
　久しぶりに向けられた笑顔に嬉しくなって、だらしなく頬が緩む。
「そっか……！　じゃあ、あとで宗ちゃんのお家に行ってもいい？」
「いいよ」
　てっきりダメと言われると思ったのに、即答(そくとう)した宗ちゃんに驚いて目を見開く。
「い、いいの……！」
「どうしてそんなに驚くの？」
　だ、だって……いつもはダメって……それに、さっきまでちょっと不機嫌に見えたから……。
「絶対断られると思った……」

「ふふっ、断っても来るでしょ？」
　そう言った宗ちゃんの表情は、昔私を甘やかしてくれた、優しい優しい宗ちゃんの笑顔だった。
　どうして急に、ご機嫌になったんだろう……？
　わからないけど、嬉しい……。
　なんだか、前に戻ったみたいっ……。
　宗ちゃん以上にご機嫌な私は、「えへへ」と満面の笑顔を返した。
「……いいよ。藍ならいつでも」
　え？
「宗ちゃん、何か言った？」
　声が小さすぎて、聞き取れなかった。
　聞き返した私に、宗ちゃんはまた優しい笑顔を浮かべる。
「ううん」
　宗ちゃんは「何もないよ」と言って、頭をわしゃわしゃと撫でてくれた。
　それだけで、私は天に召されちゃうほど幸せだと思った。

　エレベーターで自宅の階に行き、家の前で宗ちゃんと別れる。
　誰もいない家に入ると、リビングのソファにダイブした。
　宗ちゃんと会えた上に、たくさん頭を撫で撫でしてもらえたっ……。
　それに、部屋に来てもいいって言ってくれたから、またすぐ会える。

嬉しくて、緩む頬を抑えられない。
　あーあ……宗ちゃん、１人暮らしやめて帰ってきてくれないかなぁ……。
　そうしたら、こうやっていつでもすぐ会える距離にいられるのに……。
　そんなわがままなことを、思わずにはいられない。
　ふと時計を見ると、時刻は夕方の５時。
　今すぐ会いに行きたいけど、宗ちゃんも家族との時間があるだろうし……夜ごはんを食べ終わったくらいの時間に行こうかなっ……。
　私もそれまでに、ごはんとお風呂をすませておこうっ。
　１週間お母さんとお父さんが旅行に行ってるから、ごはんは自分で作る。
　といっても、料理はそんなに得意じゃないから、簡単なものだけど……。
　お母さんとお父さんは明日帰ってくる予定だから、それまでに部屋も掃除しておかなくっちゃ。
　別に散らかしてはいないけど、帰ってきたときに部屋がピカピカだと、お母さんも楽だろうから。
　宗ちゃんには夜の７時に会いに行くとして……それまでに全部終わらせなきゃ！

　お風呂から上がって、髪の毛が半乾きのままリビングに戻る。
　部屋も綺麗にしたし、お風呂もすませたし、もうするこ

とは終わった。
　髪を整えて、お気に入りの服を着たら……宗ちゃんのお家にお邪魔しよう。
　少し疲れたので、ソファに座り、ぼーっとする。
　すると、急に家のインターホンが鳴った。
　ん？　誰だろう……？
　玄関に向かい、扉を開ける。
　え……？
「宗ちゃんっ……！　どうしたの!?」
　扉の前にあったのは、宗ちゃんの姿だった。
「……藍、今インターホンのカメラ確認した？」
「え……あ……」
「ちゃんと確認しないとダメでしょ？　もし変質者だったらどうするの？　それに……」
　宗ちゃんはそう言って、私の服装を見る。
「そんな格好で玄関に出ないの」
　はぁ……と深いため息をつく宗ちゃんに、首を傾げる。
　そんな格好って……このパジャマ、ダメ？
　もこもこした素材の、いちご柄のパジャマ。
　ショートパンツと袖のないパーカーがセットになっているもので、私は気に入ってるんだけど……ちょっと子供っぽかったかな……？
　って、それよりも。
「宗ちゃん急にどうしたの……？　うちに何か用事だった？」

どうして宗ちゃんが訪ねてきたのか気になって、そう聞いてみる。
「あ、そうだった。藍、今家に１人ってほんと？」
「うん！　お母さんたち、旅行に行ってるの」
　私の返事に、宗ちゃんは眉をひそめた。
「どうして言わないの？」
「え？　ど、どうしてって……」
「さっき母さんに聞いて知ったんだよ。１週間前から１人だったって……教えてくれたらよかったのに」
　伝えなかったことに怒っているみたいな言い方に、戸惑ってしまう。
　伝えても別に仕方ないことだし、旅行なんてよくあることだから……それに……。
「お、"押してダメなら引いてみろ作戦" だったから……」
　連絡を絶っていた以上、伝える機会もなかった。
　宗ちゃんは「はぁ……」と再び大きなため息をついて、諭すような目で私を見つめてきた。
「これからは、親御さんがいないときはちゃんと報告して。心配だから」
　"心配" という２文字に、どきりと胸が高鳴る。
　心配、してくれたんだっ……。
　もし報告したら、何かあるのかな？
　一緒に……いてくれる、のかな？
　なんて、そこまでしてくれるわけないかぁ……。
「は、はい」

返事をすると、宗ちゃんは満足げに笑った。
　その笑顔に、今度は胸がキュンと音を立てる。
　うう……宗ちゃんの笑顔、かっこいい……。
「あ、あのね……7時から、宗ちゃんのお家にお邪魔させてもらおうと思ってたの……」
「どうして7時なの？」
「宗ちゃんママ、いつも6時から晩ごはんにするでしょ？ 家族の時間は邪魔しちゃダメだと思って……」
　私の言葉に、宗ちゃんは一瞬驚いた表情をしたあと、優しい笑みを浮かべた。
「そんな気、使わなくてもいいのに。藍はいい子だね」
「……っ」
　いい子と言われ、なんだか恥ずかしくなってしまう。
　赤くなっているだろう顔を見られたくなくて、視線を下げた。
「それじゃあ、今からうちに来る？」
　え……！
　宗ちゃんの提案に、目を輝かせて顔を上げる。
「うんっ……！」
　こくこくと首を縦に振って、重ねて「行く！」と返事をした。
「あ、でも着替えなきゃ……！」
　宗ちゃんのママとパパとはもう親戚(しんせき)のような仲だから、パジャマで行ってもきっと何も言わないだろうけど、最低限の身だしなみはしておきたい。

それに、宗ちゃんに会うために買ったワンピースもある。
「……そうだね。その格好はちょっと」
　何か言いにくそうにしている宗ちゃんの手を引いて、玄関の扉を閉めた。
　やっぱり、子供っぽかったかな？
「うん……すぐに着替えるね！　宗ちゃん、リビングで待ってて！」
「うん」
　宗ちゃんをリビングまで引っ張って、ソファで待っててもらう。
　玄関を出て徒歩数歩の場所だから、先に帰ってもらうこともできたけど、できるなら一緒に行きたかった。
　すぐに部屋に行き、支度をする。
　髪の毛も、ささっと乾かして綺麗に束ねる。
　お化粧は……これ以上待たせるのは申し訳ないから、今日はやめておこう。
　もうお風呂も入っちゃったし……。
　諦めて、最低限の格好をしてリビングに戻る。
「お待たせ宗ちゃんっ……！」
　私の声に、振り返った宗ちゃん。
「ど、どうかな？」
　宗ちゃんからの返事を、ドキドキしながら待つ。
「……俺の家行くだけなんだから、そんな格好しなくていいんじゃない？」
　返ってきた言葉に、がっくりと肩を落とした。

好みじゃなかったかな……？　残念……。
「ワンピース……好きじゃない？」
　表情１つ変わらない宗ちゃんに、次はもう少し大人っぽいのにしようと決意した。
「いや、似合ってると思うよ」
　……え？
「ほんとっ……？」
「……うん」
　やったぁっ……！
「宗ちゃんに可愛いって思ってもらいたくて買ってもらったの」
　私は嬉しくて、その場でくるりと１周する。
「……そっか。早くうち行こ」
「うん！」
　相変わらず反応は素っ気ない気がするけど、似合っているという言葉をもらえただけで上機嫌になった。

「お邪魔します……！」
　そう言って、宗ちゃんのお家に入る。
　宗ちゃんのあとについてリビングに行くと、キッチンにいる宗ちゃんママが笑顔で迎えてくれた。
「いらっしゃい、藍ちゃん！」
　私も、笑顔でぺこりと頭を下げる。
「藍ちゃんママたち、１週間前から出かけてたのね……私も今日知ったの。これからは、お母さんたちがいないとき

はうちに来てくれていいからね。一緒に夜ごはん食べましょうっ」
　優しい宗ちゃんママの言葉に、嬉しくなる。
「宗ちゃんママ、ありがとう……！」
　いつも、聖母のように優しい宗ちゃんママ。
　そして……。
「藍ちゃん？　久しぶりだね」
　自室にいたのか、リビングに現れた宗ちゃんパパが私を見て笑顔を浮かべた。
「宗ちゃんパパ、お邪魔します……！」
「ゆっくりしていってね」
　宗ちゃんの家族は、みんなとっても優しい。
　昔から、私のことを実の娘のように可愛がってくれた。
　もともと、私のお父さんと宗ちゃんパパが高校時代からの友人関係らしく、今はお母さん同士も大の仲良し。
　ちなみに、私のお父さんは宗ちゃんパパの会社で副社長をしている。
　このマンションに同時に引っ越してきたのも、セキュリティが備わった場所があると宗ちゃんパパに紹介(しょうかい)してもらったかららしい。
　とにかく、両親同士も仲良しだ。
「藍ちゃんのワンピース、とっても可愛い……！」
　私のそばに来てくれた宗ちゃんママの言葉に、照れ笑いする。
「藍ちゃんみたいな可愛い子がお嫁に来てくれたら嬉しい

なぁ〜」
「私も、宗ちゃんママみたいなお母さんもいたら、すごく嬉しい……！」
　本当に、そんな未来が来たらいいのになぁ……と思いながら、そう返事をすると、宗ちゃんママにぎゅっと抱きしめられた。
「藍ちゃん……！」
　宗ちゃんママから、お花のとってもいい香りがした。
　いつまで経っても綺麗で、魅力的な宗ちゃんママ。
　私も、こんな女性になりたいなぁと憧れている。
「母さん、離して。ほら藍、先に部屋行ってて。飲み物を持っていくから」
　私の腕をつかんで、引き離した宗ちゃん。
「あ、そうだ！　藍ちゃん今日は泊まっていくでしょう？」
「え？」
「は？」
　私と宗ちゃんの声が、同時にリビングに響く。
「1人なんて心細いでしょうし、宗くんの部屋で寝ていけばいいじゃない！」
「ちょ……何勝手に……」
「昔はよく一緒に寝てたでしょう？」
「いや、それは昔の話で……」
　予想外の展開に、宗ちゃんをじっと見つめる。
「いいのっ……？」
　宗ちゃんが、「うっ」と言葉を詰まらせた。

少しの沈黙のあと、宗ちゃんは「はぁ……」とため息を吐いて口を開いた。
「……いや、ダメでしょ。母さんも冗談はやめて」
　ダメ……かぁ……。
　久しぶりに宗ちゃんと一緒に寝られるかもしれないって期待しちゃった……。
「冗談？　どうして？　いいでしょう、泊まるくらい」
「普通に考えてダメだってば……。父さんからも言ってくれない？」
　助けを求めるように、ソファに座っている宗ちゃんパパを見つめた宗ちゃん。
「そうだな……藍ちゃんのお父さんに殺されるかもしれないから、泊まったことは内緒にしておこうか」
　宗ちゃんパパの言葉に、宗ちゃんは再び大きなため息をついた。
「……はぁ……わかったよ」
　……え？
　い、いいの……？
「ほ、ほんとに……？」
「……家帰っても1人なんでしょ？　今日だけ特別だよ」
　や、やったっ……！
　今日は、嬉しいことばっかりだっ……！
「宗ちゃんママとパパ、ありがとうございます……！」
　2人にお礼を言って、ぺこりと頭を下げる。
「藍ちゃんならいつでも大歓迎っ」

ふふっ、やっぱり私、宗ちゃんママ大好きっ……。
　少し不本意そうな顔をしている宗ちゃんを、私は上機嫌で見つめた。
「藍、パジャマに着替えてくる？」
「あ……！　そっか……！」
　このワンピースで寝るわけにはいかないもんね……！
「……さっきみたいなのはダメだよ」
　さっきって……いちごの？
「どうして……？」
「どうしても。……布面積が広いやつにして」
　その言葉に、納得する。
「そっか。夜は冷えるもんね……！　わかった！」
　いくら夏とはいえ、薄着はダメってことだっ……！
　私は「すぐに着替えてくるね！」と言い残し、リビングを出る。
　お泊まり、お泊まりっ……嬉しいなぁ……。
　鼻歌でも歌ってしまいたいほど、幸せいっぱいだった。

「無防備すぎ」

　部屋に戻ってパジャマに着替え、もう一度宗ちゃんの家に向かう。

　私が着替えてきた、もこもこでウサギの耳がついた長袖長ズボンのパジャマを見て、宗ちゃんは少し不満そうだったけど、「……及第点」と言って部屋に入れてくれた。

　テレビを見たり、話をしたりしていると、時間が経つのはあっという間だった。

　「先にベッドに入ってて」と言われ、お言葉に甘えてごろんと寝転ぶ。

　今は1人暮らしでこの部屋のベッドは使う頻度が少ないからか、宗ちゃんの匂いというより、お日様の匂いがした。

　机に向かってノートパソコンを開き、何か打ち込んでいる宗ちゃんの後ろ姿をじっと見つめる。

　大学の宿題かな……？　何してるんだろう……？

　ベッドから画面に映っている字を見ると、すごく難しそうな記号ばかりで、読むことを断念した。

「宗ちゃんは、大学でどんな勉強してるの？」

　気になってそう聞くと、キーボードを打ちながら返事をしてくれる宗ちゃん。

「経済学が専門だけど、大学は他の分野の授業も取らないといけないから、いろんな勉強してるよ」

　へ、へぇ……。

「大学って、難しそうだね……」
　なんとなく言ってることはわかるけど、大学のシステムって、全然わからないや。
　単位とかコマとか、専門用語みたいなのばっかりで。
「そうでもないよ」
　宗ちゃんは賢(かしこ)いから、難しいことなんてないのかもしれない。
　実際、国立の大学に通うのは本当に難しいことだと聞くのに、宗ちゃんはさらりと合格してみせた。
　昔からなんだってできた宗ちゃんが自慢(じまん)で、同じくらい焦りもあった。
　どんどん遠くに行ってしまいそうで、いつのまにか手の届かないところまで離れていってしまいそうで……。
　私も必死に勉強して、宗ちゃんに追いつきたい一心でいろんなことを頑張った。
　今も、相変わらず必死だ。
「私も、宗ちゃんと同じ大学に入りたいっ……！」
　大学だって……本気で、宗ちゃんと同じところに行きたいって思ってる。
　私が中学生になったときには宗ちゃんはもう高校生で、私が高校生のときには大学生で……小学生以来、同じ学生生活は送れずじまいだった。
　でも……大学なら、1年は一緒でしょう？
　1年間だけでもいいから、宗ちゃんと同じ学生生活を過ごしたい。

「3年のうちにだいたい単位は取り終わるから、4年は基本的に授業がないんだよ」
　……そ、そうなの……？
　私の描(えが)いていた未来設計図が、粉々になった。
　ガーン……とショックを受ける。
「藍は大学に行きたいの？」
　……え？
　その質問に、うーん……と悩む。
　大学にどうしても行きたいかって言われると、まだそこまで考えていない。
　ただ、大学に行くのは当たり前だと思っていたし、それに……。
「宗ちゃんと、同じところに通いたいだけ……」
　それだけが、目標だったから。
　たった今、現実をつきつけられちゃったけど……うぅ。
「将来の夢とかは？」
　私は、目を輝かせて口を開いた。
　その答えは、もう決まっていたから。
「宗ちゃんのお嫁さんっ」
　ずっと変わらない、小さい頃からの夢。
　宗ちゃんは私の言葉に、呆れたような反応をした。
「あ、今冗談だと思った？　本気で目指すもんっ……！」
　昔は、「お嫁さんにしてあげるね」って言ってくれたのに……私が幼稚園(ようちえん)の頃だけど……。
「はいはい、頑張れ」

相手にされていないみたいだけど、断られなかっただけましだった。
「ふふっ、うん！　頑張る」
　私は私で、勝手に頑張るもん……！
「ふわぁ……」
　横になっているからか、睡魔におそわれあくびが零れた。
「そろそろ寝たら？」
「宗ちゃんは……？」
「俺はあとで寝るよ。先に寝ていいから」
　宗ちゃんの返事に、私は頑張って眠気を覚まそうと目をパチパチさせた。
「やだ……宗ちゃんと一緒に寝る。起きてるもん……」
　せっかくのお泊まりなんだから、１人で寝るなんて寂しい……。
「……はいはい」
　呆れたような声だったけど、優しい言い方に聞こえた。
　宗ちゃんは立ち上がって、ベッドのほうに歩いてくる。
　そして、私の隣に横になった。
「もういいの……？」
「うん。明日でもいいやつだから」
　そっか……と言って、宗ちゃんを見つめた。
「ふふっ……一緒に寝るの、久しぶりだね……」
　こんなに近くに宗ちゃんがいるなんて、幸せっ……。
「そうだね」
　私に背を向けて、少し距離を取った宗ちゃん。

「明日も学校でしょ？　もう寝よう、おやすみ」
　子供を宥めるような言い方に、むっと唇を尖らせた。
　まだ夜の10時だもん……。
　宗ちゃんの背中を見つめて、切なくなった。
　こんなに近いのに、宗ちゃんがすごく遠く感じる。
　少しでも近づきたくて、背中に手を伸ばす。
　そのまま、ぎゅっと抱きついた。
　驚いたのか、宗ちゃんの身体がびくりと跳ねる。
「……っ、藍、離れなさい」
　怒っているというよりは、焦っているような言い方に聞こえたのは……気のせい？
「どうして？　……やだ？」
「やだとかじゃ、なくて……」
　言葉を濁すような、何か悩んでいるような宗ちゃんの姿。
　宗ちゃんがここまで焦っている姿は、初めて見たかもしれない。
　そう思うくらい動揺している様子が、不思議で仕方なかった。
「このまま寝ちゃ、ダメ……？」
「……っ」
　ごくりと、宗ちゃんが息を呑んだ音が聞こえる。
　……？
　宗ちゃん？と呼びかけようとしたけど、それよりも先に、宗ちゃんが動いた。
　私の腕をつかむと、突然身体を起こした宗ちゃん。

そして、私を組み敷くように覆いかぶさってきた。
　気づけば、押し倒されたような体勢になっていて、驚いて目を見開く。
　そ、宗ちゃん……？　突然、どうしたの……？
　宗ちゃんの目を見ると、その瞳に怒りが揺れているように見えた。
「……藍、無防備すぎ」
　……え？
「む、ぼうび？」
　意味がわからず、首を傾げる。
　すると、宗ちゃんはなぜか難しい顔をして眉をひそめる。
「今日だって、あんな格好で玄関に出てくるし、こんなふうに簡単に男の部屋に泊まって……さっきだって学校の男に……」
　そうまくし立てる宗ちゃんに、全然理解が追いつかない。
　どうして怒られているのかも、どうして今、押し倒されているのかも……。
「自分がどんな目で見られてるか、全然わかってないでしょ？」
　宗ちゃんはそう言って、悔しそうに下唇を噛みしめた。
「どんな目って……？」
　わからないよ、宗ちゃん……。
「……藍が思う以上に、みんな藍のこと……可愛いって思ってる」
　どきりと、大きく胸が高鳴る。

かわ、いい？
「だから、もっと自覚持って。他の男が勘違いしたらどうするの？」
　自覚とか勘違いとか、それぞれの単語は聞こえたけど、それよりも前のセリフが気になって仕方なかった。
「そ、宗ちゃんは……？」
「え？」
「私のこと……可愛いって、思う……？」
　さっきの発言は、そういうこと、だよね？
　宗ちゃんの返事を期待してしまう私がいた。
「……うん。藍は可愛いよ」
　随分とあっさりと、再びその言葉を口にした宗ちゃん。
　喜んだのもつかの間だった。
「藍は俺にとって、妹みたいな存在だから」
　続けざまに言われた言葉に、ひとときの夢から覚めたような喪失感におそわれる。
「……そ、そっか」
　なんだ……。
　結局、妹……か……。
　喜んだ私が、バカみたい……えへへ……。
　なんだか無性に泣きたくなって、あわてて宗ちゃんから目をそらす。
「え、えっと……もう寝るね」
　私の手をつかんでいる宗ちゃんの手から、身を捩ってそっと逃れる。

なんとか明るい声色でそう告げて、私は布団に潜った。
「おやすみ、なさい……」
　できるだけ宗ちゃんから離れたくて、ベッドの隅に移る。
　宗ちゃんは「おやすみ」と返事をすると、私に背を向けて横になった。
　じわりと、涙が浮かぶ。
　大丈夫。大丈夫だもん……子供扱いされるのも、妹扱いされるのももう慣れっこ。
　なのに……どうしてこんなことくらいで泣いてるんだろう……。
　やだなっ……宗ちゃんにバレないようにしなきゃ……。
　私は布団の中で、静かに零れる涙を拭った。
　背中に感じる宗ちゃんの存在を、遠くに感じながら。

　朝。目が覚めて、ベッドに横になったままスマホの画面を確認する。
　6時かぁ……。
　宗ちゃんは、いつのまにかこちらに顔を向け、まだぐっすり眠っていた。
　宗ちゃんは朝が弱い。
　気持ちよさそうに眠ってるなぁ……。
　寝顔はいつもよりちょっと幼く見えるかもしれない……ふふっ……。
　大好きな人の寝顔を、じっと見つめた。
「大好き……宗ちゃん」

眠っている宗ちゃんには届かないことを承知で、そう告げる。
　私は起こさないように、そっとベッドを抜け出し、部屋を出た。

　リビングに行くと、すでに起きていた宗ちゃんママが朝ごはんを用意してくれていた。
　宗ちゃんパパはいつもこの時間に出ていくと、2人の朝に強いエピソードを聞いて驚く。
　宗ちゃんは誰に似たんだろう……ふふっ。

　朝ごはんをいただいて、宗ちゃんママにお礼を言って自分の家に帰る。
　宗ちゃんはまだ寝ているから、起こさずに出ていった。
　帰宅して、時間になるまでテレビを観ながら、学校の支度をして家を出る。
「藍」
「え？」
　宗ちゃん？
　いつからいたのか、マンションのエントランスに立っていた宗ちゃんの姿に驚く。
「俺もそろそろアパートに戻るから、ついでに学校まで送っていくよ」
　まだ寝グセがついたままの宗ちゃんに、笑顔が零れた。
　……よかった。

私、ちゃんと笑えてる。
　立ち直りが早いことが、私の取り柄だ。
「何笑ってるの？」
「宗ちゃん、寝グセついてるよ？」
「……いいんだよ。戻ってから直すから」
「ふふっ、そっか」
　うん、もう大丈夫。
　昨日こっそり泣いたから、もう悲しくない。

　宗ちゃんの車で、学校まで送ってもらう。
「バイバイ。学校頑張って」
　車を降りて、そう言ってくれる宗ちゃん。
「うんっ、送ってくれてありがとう！　バイバイ宗ちゃん」
　車が見えなくなるまで、手を振り続けた。
　あ……次はいつ会えるか聞きそびれちゃった……。
　でも、もう連絡断ちはやめたからいいよね。あとで連絡して聞こう。
「藍、今の親御さん？」
「わっ……！」
　後ろから急に声をかけられ、驚いて振り返る。
　そこにいたのは、車が去っていった方向を見つめるルリちゃんだった。
「あ、ルリちゃん！　おはようっ。さっきのは宗ちゃんだよ！」
「え？　"押してダメなら引いてみろ"作戦はどうしたの？」

あっ、そうだ、報告しないと……！
「昨日ね、宗ちゃんが迎えに来てくれたの！」
　私の言葉に、ルリちゃんは驚いたように目を見開いた。
「作戦成功ってこと？」
　う……っと、言葉が詰まる。
「……うん……成功、かな」
　宗ちゃんが迎えに来てくれて、昨日はお泊まりまでした。
　充分……成功って言えるはずだ。
「その浮かない顔なんなのよ〜」
　成功、なんだけど……。
　ずっと胸の中でつっかえている、昨日の言葉。
『……可愛いよ』
　あんなあっさり言えるってことは……。
『藍は俺にとって、妹みたいな存在だから』
　きっと本当に、私のことを心の底から、妹だと思ってるんだ。
「……年齢の差って、どうしたって埋まらないんだなって」
　宗ちゃんにとってはいつまでも、私は変わらず"妹"なんだなって、痛感させられた。
「藍……」
　私を見て、心配そうな表情をしているルリちゃんにハッとする。
　いけない、いけない。余計な心配かけちゃった……！
　それに、こんなことでめげてちゃダメなんだから、もっと元気でいないと！

「で、でも、全然平気！　私、諦めないもん！」
　明るい声でそう言って、ルリちゃんに笑顔を向けた。
「……いつかぶん殴ってやるわ、その男……」
「え？　ルリちゃん？」
　何か言った？
「何もないわよ。今日は放課後空いてるから、藍が前に言ってたいちごパフェ食べに行きましょ」
「え……！　いいの！　やったぁっ……！」
　ルリちゃんの提案に、私は万歳をした。
　お母さんたちが帰ってくるのは夕方の７時頃って言ってたから、パフェを食べに行く時間は充分ある。
「おーい２人とも！」
　後ろのほうから理香ちゃんの声が聞こえて、ルリちゃんと同時に振り返った。
「理香ちゃん、おはよう！」
「理香も放課後行くでしょ？　パフェ」
「お！　行く行く！　今日部活休みだし～」
　うん……２人といたら、本当に元気が出てきた。
　昨日のことなんて忘れて、今日はパーッと楽しもう！
　悩んでたって、宗ちゃんが私のこと好きになってくれるわけじゃない。
　これからもーっと頑張って、振り向いてもらえるようにすればいいんだっ。
　──このときまでは、呑気にそう思っていた。

「どうして来たの？」

　お母さんたちも帰ってきて、とくに何もない平穏(へいおん)な毎日を送っていた。

　宗ちゃんのお家に泊まってから1週間が経ったある日のこと。

　朝。いつものように学校へ行こうと家を出た。

　隣の家の玄関に、宗ちゃんママの姿が見えて駆け寄る。

「宗ちゃんママ、おはようございます！」

「あら藍ちゃん、おはよう」

　外に出かける予定があるのか、カバンを持っている宗ちゃんママ。

「どこか行くんですか？」

　そう聞くと、困ったような笑顔が返ってきた。

「宗壱が忘れ物しちゃってね。急ぎじゃないって言ってるんだけど、外出できる時間があんまりないから、今のうちに届けに行こうと思って……」

　え……？　宗ちゃんが忘れ物？

　いつもきっちりしている宗ちゃんが、忘れ物なんて珍しいなぁ……。

「宅配でもいいんだけど……ちょっと心許(こころもと)なくて……」

　宗ちゃんママの言葉に、私はあることを思い立った。

「あ、あの……私が持っていきましょうか……？」

「え？」

驚いたように目を見開いて、私を見る宗ちゃんママ。
「きょ、今日放課後、宗ちゃんの大学の近くに行く用事があるから、そのときに……」
咄嗟に嘘をついてしまったけど、会いに行く口実が欲しかった。
「いいの？」
「は、はい！」
「ありがとう、藍ちゃん。それじゃあ、お願いしようかな」
やった……！と、こっそりガッツポーズをする。
宗ちゃんママ、嘘ついてごめんなさい……！
でも、ちゃんと届けるからね……！
心の中で、先に謝っておいた。

宗ちゃんの忘れ物というのは、大学で配られるプリントのファイルだったらしい。
レジュメ……？とか言ってた。
放課後になると、宗ちゃんママから渡された袋を持ってすぐに宗ちゃんのもとへと向かった。
今日は高校の授業が6時間目まであったから、大学には行かず、直接アパートに行く。
授業は午前中心になってるって言ってたから、きっともう終わってるだろうし……家にいる確率のほうが高いと思うから。
事前に連絡したらいい話だけど、驚かせたいので連絡はしていない。

宗ちゃんのアパートに着いて、共用玄関のインターホンを押した。
　えっと……部屋番号は105号室だ。
　押してみるも、応答がない。
　あれ？
「いない……」
　……留守なのかな？
　今の時刻は5時過ぎ。うーん……もう少しだけ待ってみよう。
　そう思い、共用フロントの前で時間を潰(つぶ)す。
　数分して、向こうから歩いてくる人影(ひとかげ)が見えた。
「あっ……！」
　宗ちゃん……！と、誰……？
　見えたのは、宗ちゃんとその友人らしき人たち。
　宗ちゃんは、まだ私の姿に気づいていない。
　もしかして、今から家で遊ぶのかな？
　そうだったら、邪魔しちゃ悪いし、渡したら帰ろうっ。
　そう思って、6人くらいいる宗ちゃんの友人たちを見つめたときだった。
「……え？」
　思わず、戸惑いの声が漏れる。
　その友人の中に──女の人がいたから。
　驚きのあまり、宗ちゃんたちを見つめたまま呆然(ぼうぜん)としてしまう。
　すると、宗ちゃんがようやく前を見て、私のことを視界

に捉えた。
「藍……?」
　私を見つけた宗ちゃんもまた、驚いた様子で目を見開いている。
「どうして来たの?」
　駆け寄ってきた宗ちゃんの、まるで迷惑そうな言い方と表情に、胸がぎゅっとしめつけられた。

03＊恋の終止符

「ただの幼なじみだから」＊side宗壱

「椎名、あの日の埋め合わせしろよ～」

大学の講義が終わり、俺のもとへ来たのは、同じゼミの学生たち。

あの日というのは多分、1週間前のことを指しているんだろう。

藍を迎えに行った1週間前。

用事があって家に帰るついでなんて言ったけど、実家に用なんてなかった。

むしろ、大学の講義の中で、複数人でするグループ課題が出されたから、その日は集まって課題をするはずだったんだ。

でも……藍から連絡がない日が1週間も続き、しびれを切らした俺は、ゼミ仲間との約束を放り出し、藍のもとに行った。

普段、返事はしなくても、藍からの連絡を心待ちにしている俺。

いつもなら毎日何通も来る連絡が、ピタリと止まったことに、焦りを感じた。

どうして連絡してこないんだ？

何かあった？　いや、それなら藍の両親から連絡が来るはずだ。

考えられるのは……俺に飽きた、ということくらい。
　そう思ったら、居ても立ってもいられなかった。
　大学が終わってすぐ、車を走らせ藍の高校へ。
　見知らぬ男と一緒にいる藍の姿を見たときは、カッと頭に血がのぼって、感情を抑えられなかった。
　しょうもない、嫉妬だ。
　藍はただの友達って言ってるけど、あの男は確実に藍のことが好きだ。
　露骨に俺に敵意を向けてきたし、あんな男が藍と同じ教室にいるなんて気が気じゃない。
　結局、藍が俺を避けてたのは、"押してダメなら引いてみろ作戦"だったと聞いて、心底ホッとしたのをまだ覚えている。
　久しぶりに一緒に眠ることになったのは、本当に拷問でしかなかったけど。
　最後に別れたとき……藍は笑顔だったけど、悲しそうな表情をしていた。
　あんな顔をさせたのは、間違いなく俺だ。
　きっと、俺が「妹みたい」と言った言葉を、気にしてたんだと思う。
　そう言うしかなかったとはいえ、泣きそうな藍の表情を思い出すと罪悪感で押しつぶされそうだった。
　できることなら抱きしめて、俺の気持ちを伝えてしまいたい。
　いったいいつまで、藍は俺を好きでいてくれるだろうか

と、どうしようもなく怖くなった。
　きっとあのクラスメイトだけじゃない。藍を好きな男なんて、山ほど存在するんだろう。
　そんな中で、ずっと俺だけを想い続けてくれたことは、奇跡だと思う。
　あの年頃の女の子だったら、彼氏だとかそういうワードが大好きなはず。
　今にも藍が俺を想い続けることに疲れて、愛想をつかしてしまうんじゃないかと……不安でたまらない。
　あと２年なんて……待てそうになかった。
「おい椎名！　何ぼーっとしてんの？」
　ゼミ仲間の声に、我に返る。
「ああ、悪い」
「ほんとだよ！　お前『急用できた』って言って１週間前にドタキャンしたんだからな！　結局今日まで予定合わなかったし、提出日明日だぞ？」
「どこまで進んでる？」
「まったく。お前いないから全然進まなかったんだよ」
　怒り気味なゼミ仲間たちの姿に、苦笑いする。
「ごめん、急に空けて悪かったよ。でも、俺頼りだとこれからついていけなくなると思うけど」
　欲を言うなら、あのくらいの課題、俺なしで終わらせてもらいたかった。
「うわ〜。さりげなく嫌味ぶっ込んできた、こいつ」
「お前が優秀すぎんだよ！　一緒にすんな！」

やんわり言ったつもりだったけど、どうやら神経を逆なでしてしまったらしい。
「今日はお前の家で徹夜で終わらすぞ」
　……は？
「それは無理」
　俺は、部屋に他人を入れるのとかはダメなタイプだ。
　あの家にも、できるなら人を入れたくない。
　家族や親戚と、藍以外は。
　そんな俺の願いも虚しく、どうやら俺の家で課題をする流れになっているらしい。
「本当に勘弁してほしいんだけど」
「いいだろ！　家くらい使わせろよ～」
「急にドタキャンした罰だっての」
　そう言われたら、NOとは言えなかった。
「……はいはい」
　本気で嫌だけど……仕方ないか。
　ドタキャンはさすがに申し訳なかったと思うし、我慢するしかない。
　ただ……1つだけ気がかりなことがあった。
「ねえ、男だけでいいよね？　女の子を家にあげるの、嫌なんだけど……」
　グループは全員で6人。その中に1人女の子がいる。
「な～に変なこと考えてんだよ！」
　ニヤニヤしながら背中を叩いてくゼミ仲間に、ため息が零れる。

「考えてないから嫌なんだよ」
　藍以外の女の子なんて、心底興味ない。
　むしろ、向こうが変にアピールしてくるのが面倒くさすぎて……。
　女の子に変な期待を持たせるのも嫌だし、何より関わりたくないというのが本心だ。
「いや～、そりゃ無理だろ。お前のドタキャン許してくれたんだし、家来んなとは言えないわ」
　ゼミ仲間の言葉が、ごもっともで返す言葉がなかった。

　結局、きっちり６人で俺の家に向かうことに。
「宗壱くんの家、楽しみだなぁ」
　わざとらしく上目遣いで見てくる女の子を、愛想笑いで凌ぐ。
「女の子は危ないし、夜遅くならないうちに帰ってね」
「宗壱くんって紳士だね」
　遠回しに早く帰ってもらいたいという趣旨を伝えたつもりだったけど、どうやら逆効果だったらしい。
　はぁ……面倒くさい。
　とっとと課題を終わらせて、全員帰ってもらおう。
　次にグループ課題が出たときは、男だけの班に入れてもらわないと。
「椎名の家あそこ？」
　遠目に見えたアパートに、驚いた反応をした班員たち。
「お前、意外と普通のとこ住んでんだな」

みんなが言いたいことはなんとなくわかった。

俺が椎名グループの子息であることは、周知の事実のようだ。

もちろんそんなこと、俺が自分から話したことはないが、どこからかネタを仕入れてきたヤツが話したらしい。

学内で噂が広まるのなんて、あっというまだ。

多分、俺が高級マンションで優雅な1人暮らしをしていると思っていたんだろう。

最後まで1人暮らしに反対していた両親と、お互いの妥協点として収まったのが、この家だ。

「男の1人暮らしなんだから、本当はもっと狭いところでもいいんだけど」

父さんの仕事を手伝っているとはいえ、親の金で住まわせてもらっている以上、贅沢をしたいとは思わない。

大学を卒業したら、椎名グループに相応しい人間になって、父さんの会社をもっと大きくしていくつもりだ。

両親にはできるだけ親孝行したいと思っている。

そして……俺の描く未来図には、いつだって隣で藍が微笑んでいる。

あー……会いたい。

会いたすぎて、幻覚まで見えてきた。

あそこにいる人が、藍に見える。

アパートの共用玄関に立っている、1人の女子学生。

少しずつ距離が迫って、その人の顔がはっきりと見えてきた。

「藍……？」

　驚いて、ピタリと足が止まった。

　藍も俺に気づいたようで、紙袋を持ちながら、じっとこちらを見ている。

　なんでここに……？

　俺は駆け足で、藍に近寄った。

　周りのゼミ仲間たちが、不思議そうにこっちを見ているのも構わず。

「どうして来たの？」

　よりにもよって、こんなときに……ッ。

　会いたいと望んでいたはずなのに、まさか他の男がいるときに来るなんて、タイミングが悪すぎる。

「あ……あの、これ……」

　そう言って、紙袋を差し出してきた藍。

　中には、俺が家に忘れていった、授業のレジュメを挟んだファイルが入っていた。

　母さんが任せたのかもしれない。

　こんなことになるなら、取りに帰るって伝えるんだった。

　昨日適当に返事をした自分を恨む。

「椎名の知り合い？　超可愛いじゃん……!!」

　後ろから聞こえた声に、舌打ちしそうになった。

　ああクソ……こうなるから嫌なんだ。

　大学生の男なんて、大半は女の子と遊ぶことしか考えてない。

　だから、大学の人間に、藍を見せたくはなかった。

「え？　妹とか？　やっぱ、お人形さんみたいなんだけど」
　まじまじと藍を見つめて、ニヤついているゼミ仲間。
　今すぐ、この場から藍を遠ざけたかった。
「宗壱くん、こんなに可愛い妹さんいたんだね〜」
「い、妹じゃないですっ……！」
　女の子の言葉に、藍が反論した。
　すると、女の子の表情が一変する。
「え？　……じゃあもしかして、彼女？」
　ていうか、藍を他のヤツに見られたくないということしか頭になくて、忘れてたけど……今の状況だと、藍に誤解されるかもしれない。
　理由はともあれ、女の子を家に入れるんだから、藍だっていい気はしないだろう。
　もし、簡単に他の女の子を家に入れていると思われでもしたら……。
「女子高生と付き合うとかやるなぁ〜」
「……違うって、ただの幼なじみだから」
　からかうような言葉に、すぐにそう返す。
　これ以上話を長引かせるのも嫌だったし、藍のことを聞かれたくなかったから。
　この場を一刻も早く収めるのに必死で、俺は気づいていなかったんだ。
　藍がこのとき、どれだけ傷ついていたか。
　どれだけ——悲しそうな表情をしていたかに。
「幼なじみ!?　こんな可愛い子と!!　羨（うらや）まし〜!!」

変に盛り上がっているゼミ仲間に、構っているのも疲れるので無視をする。
「藍、送っていくから帰るよ」
　そう言って、藍の手をつかんだ。
　また遅れて参加することになるけど、家を提供してるんだからそのくらいは許してくれ。
　もう暗くなるだろうし、1人で帰らせるのは心配だから、車で送っていこう。
　途中で、誤解も解かないといけない。
「これ鍵。105号室だから、先に課題してて。あんまり部屋のもの触らないでね」
　自分がいない部屋に他人を上がらせるのは不安だけど、手段を選んでいられる状態ではないので、ゼミ仲間に鍵を託す。
「もう帰るの？　いいじゃん、幼なじみちゃんも一緒に家入ったら」
　うるさいな……と、うっとうしく思った。
　お前たちと、藍を同じ空間におけるわけがない。
　あわよくば仲良くなりたいという下心が丸出しなゼミ仲間に、そう吐き捨ててしまいそうになった。
「そうそう！　可愛い女の子がいたほうが作業捗るし！」
「ちょっと、あたしじゃ不満って意味？」
　はぁ……もうやめてくれ。
　険悪な空気を出す班員たち。
　こんな友人がいると、藍に思われるのが恥ずかしい。

別にゼミが同じなだけで、友人でもなんでもないのに。
「宗ちゃん……私もいたい。……ダメ？」
　……え？
　藍の言葉に、驚いて目を見開いた。
　まさかそんなことを言うと、思わなかったから。
　いったいどういう意図で言ってるんだろう。
　単純に、俺ともう少しいたいと思ってくれてる？　それとも……藍もこいつらと、話したいのか？
「ダメ。子供はもう帰る時間でしょ」
　少し、声のトーンが低くなってしまった。
　絶対に無理。
　俺の前で、俺以外の男となんて、話さないで。
　そんな情けない独占欲を吐露してしまいそうになった。
「……っ」
　藍が、悲しそうな表情で俺を見つめる。
　そして、勢いよく俺の手を振り払った。
「子供じゃないもんっ、宗ちゃんのバカっ……！」
　目に涙をためながら、俺に紙袋を押しつけた藍。
「藍！　ちょっと、待っ……」
「1人で帰る！　もう放っておいて!!」
　大声でそう言って、藍は逃げるように走り出した。
　追いかけようとしたとき、手をつかまれる。
　……チッ。
「ねー、1人で帰るって言ってるんだから大丈夫だよ。高校生でしょ？」

俺の手をつかむ、女の子。
「……放してくれない？」
　低い声で言えば、おどおどしながらも手を放した。
　けれど、追いかけようとした俺を、呼び止める声が再びあがった。
「おいおい、お前がいないと間に合わないって……！」
「提出明日の午前までだし、急がないとマズいだろ？」
　ゼミ仲間たちの声に、内心嫌気がさす。
「……そうだね」
　ここまで頼りにされると、信頼を通り越して都合よく使われている気にしかならない。
　普段ならそれでもよかったけど、藍のことで行動を塞がれたことに憤りを感じずにはいられない。
　ため息を呑み込んで、鍵を返してもらう。
　なんて班を組んでくれたんだと教授を恨みながら、藍に連絡を入れておいた。
【家に着いたら連絡して】
　そのメッセージに、返事が来ることはなかった。

「今日はごめん」

「1人で帰る！　もう放っておいて!!」
　そう言い放って、宗ちゃんから逃げるように帰ってきた。
　マンションに着いて、エレベーターに乗る。
　はぁ……。
　あんなふうに怒って……宗ちゃん、呆れたかな？
　子供すぎた自分の行動に、反省する。
　でも……宗ちゃんも、あんな迷惑そうな顔しなくてもいいのに……。
　今頃、家で何してるんだろう……。
　というより、宗ちゃんって、女の子家にあげたりするんだ……。
　それが、一番ショックだった。
『宗ちゃん……私もいたい。……ダメ？』
　私の知らない女の人と宗ちゃんが一緒にいるのが嫌で、勇気を出してそう言った。
『ダメ。子供はもう帰る時間でしょ』
　私はダメなのに……あの人はいいんだって言われた気分になる。
　思い出したら悲しくて、涙がじわりと零れた。
　エレベーターが止まって、扉が開く。
　すると、開いた扉の先に、宗ちゃんママの姿が現れた。
「藍ちゃん！　おかえりなさい」

私はこっそりと涙を拭って、笑顔を浮かべる。
「ただいま！　宗ちゃんママはお出かけ？」
　泣いてるなんてバレたら、優しい宗ちゃんママは心配してくれるだろうから、できるだけ明るい声でそう聞いた。
　余計な心配はかけたくない。
　それに、私が勝手に泣いてるだけ。
　勝手に宗ちゃんのことを好きになって、追いかけて、傷ついて……。
　そういえば、全部私の独りよがりだなぁ……。
　宗ちゃんが家に女の子を連れ込んだって、なんにも悪くないのに。
　私は何か言う立場でもなければ、怒る権利もない。
「そうよ。今からお父さんとごはんに行くの。下で待ってるみたいだから行ってくるね」
　返ってきた言葉に、相変わらず宗ちゃんの両親は仲がいいなぁと思った。
　お互いに、相手のことが大好きだって伝わってくる。
　それが今は、羨ましくてたまらなかった。
　好きな人が自分を好きになってくれるなんて、どんな感じなんだろう。
　どれだけ……幸せなんだろうなぁ……。
「いってらっしゃい！　あ！　そういえば宗ちゃんに渡してきました！」
「ありがとう、藍ちゃん！　とっても助かったわ」
　これ以上引き止めるのは悪いと思い、手を振って宗ちゃ

んママとお別れする。
　真っ直ぐに家に向かって、玄関の扉を開けた。
「藍、おかえり」
「ただいま」
　リビングに入ると、キッチンにいたお母さんが不思議そうに私を見てきた。
「今日遅かったね。連絡したのに、スマホ見てなかった？」
　……あ、そういえば……。
「ごめんなさい、充電切れちゃって……」
　帰りの電車で気づいたんだった……。
「そう。何もなかったならいいの。すぐにごはんにしましょっか？」
「うん！」
　こくりと、笑顔で頷く。
　今日はもう、ごはんを食べてお風呂に入って、宿題を終わらせたら寝よう……。
　脳裏に焼きついて離れない、さっきの光景。
　思い出したくなくて、払拭するように首を振った。

「ん……」
　朝、目が覚めて、何時だろうと時計を確認する。
「……あれ？」
　時計止まってる……電池が切れちゃったのかな？
　スマホで確認しようと、画面を指で触る。
　けれど、真っ黒なまま動かない。

あ、そうだ……スマホも充電切れたままだった……。
　昨日は宗ちゃんに連絡しなかったから……。
　連絡手段以外で、あまりスマホを使わない私。
　宗ちゃんに連絡をしないときに役割はなく、充電する必要性もなかったからそのままだったんだ。
　私はスマホに充電器を挿して、身体を起こす。
　リビングの時計を見ると、時刻は6時ぴったりだった。
　早く寝たからか、早く起きすぎちゃったな……。
　ゆっくり支度しよう。
　先に起きていたお母さん、お父さんと、他愛もない会話をしながら朝の時間を過ごす。
　制服に着替えようと部屋に戻ったとき、充電できたスマホが光っていた。
　連絡を知らせるそのライトを見て、スマホを手に取る。
　昨日お母さんが連絡したって言ってたから、その通知だよね……？
　ベッドに座って画面を開き、通知を確認すると、新着メッセージが数件入っていた。
　お母さん、中学の友達、そしてルリちゃんと理香ちゃんからと……。
「……え？」
　最後のメッセージを確認しようとして、送り主の名前に目を見開いた。
　宗ちゃんから……？
　急いで開くと、そこには5件のメッセージが。

【家に着いたら連絡して】
【藍、着いた？】
【大丈夫？　心配だから返事だけちょうだい】
【さっき母さんから、藍と会ったって聞いた。今家にいるの？】
【今日はごめん】
　私を心配しているような文面に、胸がぎゅっと苦しくなった。
「宗ちゃん……」
　ふつふつと、罪悪感がこみ上げてくる。
　私が勝手に行って、勝手に怒って帰ったのに……。
　建前だけだったとしても、心配してくれたことが嬉しい。
　謝らなきゃ……。
　そう思ったら居ても立ってもいられず、宗ちゃんのスマホに電話をかける。
　数回のコールの末、繋がった通話。
「もしもし？　宗ちゃん——」
『あ、昨日の幼なじみちゃん？　宗壱くんならまだ寝てるよ〜』
　「昨日はごめんなさい」と言おうと思った私の言葉は、スマホの向こうから聞こえてきた声に遮られた。
「……っ」
　女の人の……声？
　この人、昨日いた人だっ……。
　心臓が、どくどくと変な音を鳴らして騒ぎ出す。

この女の人……あれから泊まったの？
　宗ちゃんの、お家に……？
　他のみんなも？
　それとも、この人だけ……？
『ぐっすり眠ってるから、起こすのも悪いし……何かあるなら伝えておこうか？』
　まるで親しい関係のような言い方をするその人に、ズキリと胸が痛んだ。
「あ、の……どうして、あなたが電話に……」
　答えを聞くのが怖かったけど、恐る恐るそう口にする。
『えー、どうしてって、寝てるベッドの上に置いてあったから』
　……それは……同じベッドで寝たってこと……？
　宗ちゃんが、なんとも思ってない人と、一緒に寝るとは思えない。
　つまり……この人と宗ちゃんは、本当に親しい関係にあるってことで……。
　もしかして、付き合ってる、とか……？
　そういえば、聞いたことがなかった。
　好きな人はいるの？　彼女はできたの？……って。
　そんな可能性も考えずに、私は当たり前のように宗ちゃんにはそういう相手はいないと、誰とも恋をしていないと決めつけてた。
　宗ちゃんは誰よりも魅力的な人なんだから、恋人がいる可能性のほうが大きかったのに。

私の中の積み上げてきた何かが、音を立てて崩れ落ちた。
　それは、宗ちゃんへの憧れ、恋心……そして期待。
　いつか宗ちゃんは私を好きになってくれるんじゃないかっていう、ひと筋の希望も。
『もしもーし。何かあるなら──』
　静かに通話を切る。
　自然と涙は出なかった。
　すごくショックなのに、悲しくてたまらないのに……私はただぼーっと、通話が終わったスマホを見つめる。
　もう無理だと思った。
　追いかけるだけの状態は……耐えられないと、初めて思ったんだ。
　やめよう……もう、これ以上好きでい続けても、不毛だ。
　何度も何度も伝えた。
　私の精一杯で、宗ちゃんのことが……宗ちゃんだけが「好き」って気持ちを、一生懸命伝え続けた。
　それでも、宗ちゃんが選んだのは私じゃない。
　これだけ頑張っても振り向いてもらえなかったんだ。
　きっと宗ちゃんは……どれだけ頑張ったって、私のことを好きにならない。
　そう理解して、ようやく零れ落ちた涙。
　一度流れ出したら止まらなくて、ボロボロと落ちるそれがベッドのシーツにシミを作る。
　考えたことなかったもん……宗ちゃん以外を好きになるなんて……。

でも……これからは考えなきゃ。
　私はもう……頑張れない。
　今思えば、もっと早くに気づくべきだったんだ。
　宗ちゃんは私のこと、幼なじみだから相手をしてくれたんだろうけど、物心ついた頃からは基本的に素っ気ない態度だった。
　私のこと、子供だから、妹だからって口グセみたいに言ってた。
　宗ちゃんが少しでも、私を女の子として見てくれたことなんて一度もない。
　わかってたのに……好きって気持ちだけで突っ走ってたんだ。
　そしてその気持ちをこんなに大きくなるまで、育ててしまった。
「……っ、ぅ……」
　両手で、自分の顔を覆う。
　さっきの電話に出た人が、羨ましくてたまらない。
　どうして私じゃダメだったんだろう。どうすれば……私を好きになってくれたんだろう。
　考えてもきっと、答えなんて出ない。
　今わかっているのは……。
　──宗ちゃんは私を、好きになってはくれないということだけだ。

「……藍、帰るよ」

　ようやく涙が止まった頃、遅刻ギリギリの時間になっていた。
　目が腫れてブサイクになった顔を見られたくなくて、お母さんお父さんと顔を合わせないように急いで家を出る。
　アプリにある宗ちゃんの連絡先は、ブロックした。
　完全に宗ちゃんを忘れられるまで、連絡はしない。
　それに……もしかしたら宗ちゃんから連絡が来るんじゃって……期待したくないから。
　もともと、宗ちゃんから連絡なんて滅多に来なかったんだもん。
　いつか宗ちゃんへの気持ちが恋じゃなくなったとき……このブロックを、解除できたらいいな……。
　そんな日を、今は願うしかない。

　間に合った……。
　HRが始まる5分前に教室に着いて、自分の席に向かう。
　すでに席に着いていたルリちゃんと理香ちゃんが、私のほうを見て目を見開いた。
「……藍!?」
「どうしたの、目腫れてるわよ……!」
　う……やっぱり気づくよね……。
　ファンデーションで目元が赤いのは隠したけど……目の

腫れはどうしようもなかった。
「えへへ……すぐに治ると思うんだけど……」
　２時間くらいはこの目のままかも……と、笑ってみせた。
　心配かけたくないなんて、こんな顔をしている時点で無理な話だけど。
「おいおい……マジでどうしたんだよ」
　心配そうに聞いてきた理香ちゃん。
　私はできるだけ明るく振る舞おうと、笑顔を絶やさず口を開く。
「私、もう宗ちゃん好きなの、やめることにしたの」
　２人にはたくさん相談に乗ってもらったから、言っておこう。
「「え？」」
　声を合わせ、驚愕している２人。
「何かあったの？」
　確かに、驚かせるのも無理はない。
　あれだけ毎日、宗ちゃん宗ちゃんってしつこく言ってたから……。
　宗ちゃんにも、やっぱりしつこいって思われてたかな？
　仕方ないけど、そう思うと悲しいや……。
「宗ちゃんね、家に女の人泊めてたの。私には、帰ってって言ってきたのに……」
　あの女の人は宗ちゃんの電話に出たんだから、相当親しい関係なのは紛れもない事実。
　もしかしたら、もう付き合ってるのかもしれない。

「きっと、この先どれだけ頑張っても……振り向いてもらえないってわかったの」

　前から気づいてた気もするけど、諦められなかったし、諦めるつもりもなかった。

　宗ちゃんに、恋愛関係の相手はいないと思っていたから。

　でも……わかった以上、もうダメだよね。

「宗ちゃんにとっても、私って邪魔だと思う。だからね、私……そろそろ身を引こうかなって……」

　宗ちゃんがすでに誰かのものなら、宗ちゃんの心に誰かがいるなら……この恋はもう、終わらせるべきなんだ。

　話すと、少しだけ心が落ち着いた。

　まだまだ忘れるのに時間はかかるだろうけど……。

「んのクソ男……うちらの藍を……」

「最低ね……あらゆる手段で殺してやりたいわ……」

　理香ちゃんとルリちゃんが、ぼそっと何かを言った。

　そして、2人が同時に私に抱きついてくる。

「藍……！　あたしたちはいつまでも藍の味方なんだからね……！」

「そうだぞ……！　藍にはうちらがいるからな……！」

　ルリちゃん、理香ちゃん……。

　2人の言葉が嬉しくて、泣きそうになった。

　ぐっと涙を堪えて、私も抱きしめ返す。

　――キーンコーンカーンコーン。

　鳴り響くチャイム。

　けれど、2人は私から離れなかった。

教室に入ってきた担任の先生が、私たちのほうを見て驚いている。
「おい、お前ら何してんだ〜。早く席着け〜」
「うるさいわね!!　放っておいて!!」
「邪魔すんじゃねーよ、ハゲ!!」
「わ、悪い……」
　何も間違ったことは言っていないのに、怒られて謝っている担任の先生が不憫だった。
　ごめんなさい、先生……。
　でも、いつも私のことで必死になってくれる……一緒になって喜んだり、悲しんだりしてくれる２人が大好きだ。
　２人とは……ずっとずっと、おばあちゃんになっても友達でいたいなぁ……。
　傷心の私の胸は、２人に癒やされたように痛みが薄れていった。

　お昼休みになる頃には、目の腫れはすっかり引いていた。
　よかった……家に帰るまでこのままだったらどうしようかと思った。
　失恋をしたということ以外は、いつもどおりの日常。
　何も変わらない。
　ただ心に、大きな穴が空いたみたいな喪失感があるだけで……。
「よし！　決まりよ！」
　お弁当を持って、理香ちゃんの席に集まったとき、ルリ

ちゃんが大声をあげた。
　な、何が決まったんだろう……！と、ルリちゃんを見つめる。
「藍、合コン行くわよ」
　……え？
「合コン……？」
　突然の提案に、思わず首を傾げる。
　え、えっと……どうして急にそんな展開になったんだろう……？
「失恋には新しい恋っていうでしょ？」
　ルリちゃんなりに、私のことをいろいろ考えてくれての発言みたいだった。
　その気持ちはとっても嬉しいけど……。
「……でも、私もう当分恋とかは……」
　今は、何も考えられそうになかった。
「藍の中で、その幼なじみの存在がデカすぎるのよ、きっと。男なんてこの世には星の数ほどいるんだから」
　そう、励ますように言ってくれるルリちゃん。
「おうおう！　うちは部活だから行けねーけど、行ってこいよ！　そんな幼なじみなんか忘れちまえって！」
　理香ちゃんも、私を見てガッツポーズをした。
　２人とも……。
「……うん」
　新しい恋なんて、いつになるかわからないけど……それでも、宗ちゃんを忘れる手段として必要なことなのかもし

れない。
　それに、心配してくれる2人の気持ちを無下(むげ)にするのも申し訳ない。
「決まりね！」
　シャキッと背筋を伸ばし張り切っているルリちゃんに、微笑み返す。
　とりあえず、気持ちだけでも前向きでいないと。
「おはよう、藍ちゃん。神崎と堀内も」
　お昼の挨拶としては相応しくない言葉とともに、カバンを背負い教室に入ってきた颯くん。
　あれ？　今日は颯くんおやすみだと思ってたけど……。
「おはよ。寝坊(ねぼう)？」
「そんなわけないでしょ。もうお昼だよ。午前は公欠。試合だったんだ」
　ルリちゃんの言葉に、返事をした颯くん。
　あ……そうだったんだ、と納得した。
「お、バスケ部か？　負けた？」
「勝ったよ。先輩(せんぱい)たちが強いからね」
「またまた～。エース様は謙虚(けんきょ)だなぁ～」
「やめてよ、堀内」
　エース……？
　颯くんって、すごいポジションにいるのかな……？
　尊敬の眼差しで颯くんを見つめていると、バチリと視線が合った。
「……藍ちゃん、何かあった？」

「え？」
　颯くんのセリフに、どきりと心臓が跳ね上がる。
「浮かない顔っていうか……」
　いつもと変わらないように装っているつもりだったのに、どうして気づかれたんだろうと驚く。
　黙っている私を見て、颯くんは何やらハッとした表情をしたあと、私の耳元に口を寄せた。
「もしかして、この２人に何かされた……？」
　ぼそりとそう言った颯くんの頭を理香ちゃんが勢いよく叩く。
「痛っ」
「おい、聞こえてんぞ！」
　２人とも、ご立腹な様子。
「あんたほんとに失礼ね。せっかくあんたも誘ってやろうと思ったのに」
「え？　何に？」
　不思議そうにしている颯くんに、ルリちゃんはエッヘンと鼻高々に口を開く。
「合コンよ。今からセッティングするの。４対４くらいでいいかしらね」
　颯くんは期待はずれとでも言うかのように、「はぁ……」とため息をついた。
「行かないよ、合コンなんて。俺、今日バイトあるし」
「あらそうなの？　藍も行くのに残念ね」
「……え!?」

教室中に、颯くんの声が響いた。
「ど、どうして？　あの、幼なじみは……？」
　そうだよね……。
　好きな人がいるのに合コンなんて、普通は変だって思うよね。
　説明しようとした私より先に、動いたのは理香ちゃんだった。
　足を上げて、颯くんの脛を蹴りとばす。
「～っ……！」
「デリカシーのねぇ男だな!!」
　い、今の、絶対に痛かったっ……！
　蹴られた颯くんは、しゃがみ込んでその場所を押さえている。
　プルプルと痛みを堪えるように震えている姿を、あわあわと動揺しながら見つめる。
　蹴った当の本人は、腕を組んでふんっと鼻を鳴らした。
　り、理香ちゃんなりに、気を使ってくれたんだよね、きっとっ……！
　聞かれたら、私が嫌がると思ったんだろう。
　でも、颯くんなら大丈夫。
　相談に乗ってくれたこともあるし、別に話せないことでもないから……。
「へ、平気だよ、理香ちゃん！　え、えっと……諦めることにしたの」
　そう口にすると、痛みが治まったのか、ゆっくりと顔を

上げた颯くん。
「……理由、聞いてもいい?」
　相当痛かったのか、声が震えてる気がして、苦笑いを返した。
「その人に好きな人が、いたみたいで……っていうより、もう彼女なのかも」
　宗ちゃんから聞いたわけじゃないから曖昧(あいまい)だけど、きっと時間の問題だと思う。
　警戒心(けいかい)の強い宗ちゃんがスマホを簡単に触らせるくらいだもん。
　きっとその人のこと、好意的に思ってるに違いない。
　それに、宗ちゃんに好かれて嬉しくない人なんてこの世にいないと思うし、宗ちゃんの告白を断る人もいないと思うから。
　付き合っていなくても、時間の問題……。
「でも、あいつ俺と会ったとき、あからさまに……」
　颯くんが、眉間にしわを寄せて考え込むような表情を浮かべた。
「え?　七瀬、クソ幼なじみと会ったことあんの!?」
「うん、偶然(ぐうぜん)……」
　きっと、宗ちゃんが迎えに来てくれた日のことを言ってるんだろう。
　考えるような仕草をしたあと、私をじっと見つめてきた颯くん。
「けど、そっか。藍ちゃんが決めたなら、応援するよ」

やわらかい優しい笑みを浮かべた颯くんに、私も同じものを返した。
「嬉しそうね〜」
　ニヤニヤと、意味深な笑みを浮かべて颯くんを見ているルリちゃん。
　　……ん？
「……はいはい。ってことで、俺も参加でお願いします」
「バイトあるんじゃないのかよ？」
「代わり頼む」
「必死だな〜、ま、頑張れよ！」
　もう恒例になりつつある、私が置いてけぼりになる会話。
「3人とも、なんの話……？　颯くんも合コン行くの？」
　みんな、主語なく会話をするから、話の内容がわからないっ……。
　わ、私って、もしかして理解力ないのかな……？
　それにしても、颯くんが合コンなんて……。
「う、うん！　行かせてもらおうかな」
　ふと、1つの疑問が浮かび上がる。
　颯くんって……恋人はいないのかな？
「颯くん、彼女さんは？」
「え？　彼女？　いないよ？」
「あっ……そうだったんだね。てっきりいるのかと思ってた……」
　彼女がいたら浮気になるんじゃ……と思ったけど、いないなら大丈夫なのかな。

「……あんたね、藍は鈍感なんだから、ちゃんと言っとかないと」
「彼女持ちだと思われてたとかウケる」
「……善処するよ」
　こそこそ話す３人に、もういつものことなので何も聞かないことにした。
　それより……。
「颯くんも、彼女欲しいとか思うんだね」
　ちょっと意外だなぁ……。
「えっと……誰でもいいわけじゃないよ？」
　恥ずかしそうにそう言う颯くん。
"誰でもいいわけじゃない"
　その言葉が、なんだかとても胸に響いた。
「……うん、そうだよね」
「好きな人は……いるから」
　……え？
　颯くんの発言に、思わず首を傾げた。
「そうなの？」
　確認した私に、「うん」と頷いた颯くん。
　え、っと……好きな人がいるのに、合コンに行くってことなのかな……？
　さっき、誰でもいいわけじゃないって言葉、ちょっと感動したけど……颯くんって、もしかしてその……か、軽い人だったり……。
　い、いや、別に合コンに行く人が軽い人ってわけじゃな

いよね……！
　颯くんは颯くんだもん！
　で、でも……意外で、びっくりした……。
「ちょっと、またなんか誤解されてるわよ、多分」
「え？　嘘……！」
「ま、今日の合コンで頑張れよ」
　１人そんなことを考えていた私に、みんなの声は届かなかった。

　放課後になり、颯くんと一緒にルリちゃんについていく。
　駅前のカラオケに着くと、ルリちゃんは誰かに電話して、部屋に移動した。
　中に入ると、すでに私たち以外のメンバーは集まっていたらしい。
　女の子が２人と、男の子が３人いた。
「お待たせ！」
　そう言って、ドカッと席に座るルリちゃん。私もその隣に、そっと座った。
　なんだか、すごく見られてるような……。
　ひしひしと感じる視線に、身を縮めた。
「藍と七瀬、こいつらはあたしが小学生だったときの同級生。……と、その友達」
　ルリちゃんの紹介に、ぺこりと頭を下げた。
　すると、向かいに座っている人が、私のほうをまじまじと見ながら口を開く。

郵 便 は が き

お手数ですが
切手をおはり
ください。

104-0031

東京都中央区京橋1-3-1
八重洲口大栄ビル7階

**スターツ出版(株) 書籍編集部
愛読者アンケート係**

(フリガナ)
氏　名

住　所　〒

TEL　　　　　　　　　　　　携帯／PHS

E-Mailアドレス

年齢　　　　　　　　　　　　性別

職業
1. 学生(小・中・高・大学(院)・専門学校)　　2. 会社員・公務員
3. 会社・団体役員　　4. パート・アルバイト　　5. 自営業
6. 自由業(　　　　　　　　　　　　　　　　　)　7. 主婦　　8. 無職
9. その他(　　　　　　　　　　　　　　　　　　　　　　　　　　　　)

今後、小社から新刊等の各種ご案内やアンケートのお願いをお送りしてもよろしいですか?
1. はい　　2. いいえ　　3. すでに届いている

※お手数ですが裏面もご記入ください。

お客様の情報を統計調査データとして使用するために利用させていただきます。
また頂いた個人情報に弊社からのお知らせをお送りさせて頂く場合があります。
　　　　　　　個人情報保護管理責任者:スターツ出版株式会社 販売部 部長
　　　　　　　　　　　　　　　　　連絡先:TEL 03-6202-0311

愛読者カード

お買い上げいただき、ありがとうございました!
今後の編集の参考にさせていただきますので、
下記の設問にお答えいただければ幸いです。よろしくお願いいたします。

本書のタイトル（　　　　　　　　　　　　　　　　　　　　　　　　　）

ご購入の理由は？　1. 内容に興味がある　2. タイトルにひかれた　3. カバー（装丁）が好き　4. 帯（表紙に巻いてある言葉）にひかれた　5. 本の巻末広告を見て　6. ケータイ小説サイト「野いちご」を見て　7. 友達からの口コミ　8. 雑誌・紹介記事をみて　9. 本でしか読めない番外編や追加エピソードがある　10. 著者のファンだから　11. あらすじを見て　12. その他（　　　　　　　　　　　　　　　　　　　　　　　　　）

本書を読んだ感想は？　1. とても満足　2. 満足　3. ふつう　4. 不満

本書の作品をケータイ小説サイト「野いちご」で読んだことがありますか？
1. 読んだ　2. 途中まで読んだ　3. 読んだことがない　4. 「野いちご」を知らない

上の質問で、1または2と答えた人に質問です。「野いちご」で読んだことのある作品を、本でもご購入された理由は？　1. また読み返したいから　2. いつでも読めるように手元においておきたいから　3. カバー（装丁）が良かったから　4. 著者のファンだから　5. その他（　　　　　　　　　　　　　　　　　　　　　　　　　　　　）

1カ月に何冊くらいケータイ小説を本で買いますか？　1. 1～2冊買う　2. 3冊以上買う　3. 不定期で時々買う　4. 昔はよく買っていたが今はめったに買わない　5. 今回はじめて買った

本を選ぶときに参考にするものは？　1. 友達からの口コミ　2. 書店で見て　3. ホームページ　4. 雑誌　5. テレビ　6. その他（　　　　　　　　　　　　　）

スマホ、ケータイは持ってますか？
1. スマホを持っている　2. ガラケーを持っている　3. 持っていない

学校で朝読書の時間はありますか？　1. ある　2. 今年からなくなった　3. 昔はあった　4. ない

ご意見・ご感想をお聞かせください。

文庫化希望の作品があったら教えて下さい。

学校や生活の中で、興味関心のあること、悩みごとなどあれば、教えてください。

いただいたご意見を本の帯または新聞・雑誌・インターネット等の広告に使用させていただいてもよろしいですか？　1. よい　2. 匿名ならOK　3. 不可

ご協力、ありがとうございました！

「新城 藍ちゃんだよね？ 俺らの高校にも藍ちゃんの噂流れてきてるよ」
　え？　う、噂……？
　わ、私、何かしたっけ……？
「神崎、ほんと女神だな。こんな可愛い子連れてきてくれるとか」
　男の人の言葉に、ルリちゃんはエッヘンと言わんばかりに鼻を高くした。
　可愛いって……やっぱり、こういうところに来る人は、女の子慣れしてるのかな？
　お世辞を言わせてしまって、申し訳ない……。
「ま、とりあえず自己紹介から始めましょっか？」
　ルリちゃんの一声で、どうやら合コンが始まったらしい。
「はーい、じゃあ俺から！　帝ヶ丘１年の岡野 真です！マコとか好きに呼んでね〜」
　随分とテンションの高い自己紹介に、少し気圧された。
　他の人も、冗談やネタを交えて元気に自分をアピールしている。
　ご、合コンってこんな感じなんだ……。
　それにしても、相手の男の子たち、帝ヶ丘って……。
　私学の中ではずば抜けた偏差値を誇る有名な高校。
　真面目な印象があったけど……今日来てる人たちは、今時の高校生っていう印象だった。
　颯くんの番が回ってきて、横目で見つめる。
「七瀬 颯。とくに出会いは求めてないです」

素っ気ない自己紹介に、女の子たちから声があがった。
「えー何それ〜」
「颯くん、超イケメンなのに残念！」
　颯くん、さっそく女の子たちを独占状態……？
　目をハートにしながら颯くんを見ている女の子２人。
　やっぱりモテるんだなぁ……と、感心している場合じゃなかった。
　わ、私の番っ……。
「し、新城 藍です……。よろしくお願いします」
　なんの面白みもない自己紹介をすると、男の子たちが「フー！」と賑やかしを入れてくれた。
　このノリにはついていけないけど、フォローしてくれて助かった……。
「こちらこそよろしくね〜」
「声ちょー可愛い！」
　……う、やっぱりノリがわからないかも……。
　って、ダメだダメだ。
　せっかくルリちゃんが私のために開いてくれたのに。
　せめて今日は、笑顔でこの場を乗り切ろう。
「ていうか席替えしよ！」
　男の人のセリフに、みんなグラスを持って立ち上がった。
「藍ちゃんこっち来てよ！」
　手招きされて、どうしようかと悩む。
「あ……えっと……」
　この一番ノリのいい人の隣は……ちょっと、遠慮したい

なっ……。
　そう思ったとき、颯くんがそっと私の手をつかんだ。
　どうやら、助けてくれようとしてくれたみたい。
「藍ちゃん、行かなくてい──」
「颯くんはこっちね！」
「うわっ……！」
　しかし、女の子に引っ張られ、強制的に奥の席に連れていかれた颯くん。
　ど、どうしようっ……。
「藍はあたしの隣にいなさい」
　困り果てた私の手を握り、端の席に座らせてくれたルリちゃん。
「この子男慣れしてないから、ガツガツ行かないであげてよね」
　そう言ってフォローまでしてくれて、心の中で手を合わせた。
　ありがとう、ルリちゃんっ……！
「えー、マジで？　そんなとこも可愛いね」
「……ったく、帝ヶ丘頭いいから、もっと真面目な男集めてくれると思ったのに……」
　ため息をついたルリちゃんに、小学校の同級生だと言っていた人が苦笑いを浮かべた。
「ごめんって。新城 藍ちゃんがいるって言ったら、争奪戦になってさ。とりあえず顔面で選んだ」
　争奪戦？　顔面で選ぶ……？

なんだか物騒な単語に、頭の上にはてなマークが並んだ。
「ねぇねぇ、藍ちゃんって呼んでもいい？」
　突然、向かいの席から声をかけられた。
　にっこりと、笑顔の男の人に頷く。
「……はい」
「敬語じゃなくていいよ。俺たちタメだし」
　そ、そうだよね……。
　ノリのせいか、なんだか萎縮してしまっていた。
「どんな男がタイプなの？」
　唐突に投げられたその質問。
　咄嗟に、宗ちゃんの顔が頭に浮かんだ。
　……って、ダメダメ……宗ちゃんはもう、ダメなんだから……。
「……優しい人、かなぁ……」
　ぽつりと、そう返事をする。
「えー、俺、超優しいよ！　マジで！」
「そ、そっか……」
　なんのアピールだろう……と、苦笑いを浮かべることしかできない。
　そのとき、ポケットの中のスマホが震えた。
　誰からだろう？
　不思議に思い、スマホを取る。
　画面を見て、映し出されたその名前に心臓が止まるかと思った。
【宗ちゃん】

「……っ、わ！」
　驚いて、咄嗟に受信ボタンを押してしまい、慌てて切る。
　ど、どうしようっ……。
　というより、どうして電話なんてしてきたの……？
「どうしたの？　誰から連絡？」
　混乱状態の中、そう聞かれて首を左右に振る。
「えっと……な、なんでもない」
　宗ちゃんから電話がかかってくるなんて、いつぶりだろう……。
　もしかして、何か用事があったのかな？
　アプリでブロックしてるから、メッセージが送れなくて電話してきたとか……。
　いや、もういいや……。
　私に用事があったとしても、急用ではないだろうし、今は宗ちゃんと話せない。
　まだ……話せる準備ができてない……。
　諦めるって決めたばかりなのに、こんなときに電話なんてされたら困るよ……宗ちゃんのバカ。
　私はそっと、スマホの電源を落とした。

「藍ちゃんって彼氏いるの？」
「い、いないよ」
「最後に付き合ったのいつ？」
「最後……？　付き合ったことないから……」
「マジで!!　なんで!?」

「えっと……なんでだろう、あはは……」
　男の子の話を聞きながら、なんとか相づちを打って、その場を凌ぐ。
　30分くらい経って、少し疲れを感じ始めた。
　ふぅ……合コンって、大変なんだなぁ……。
「藍ちゃん、隣座っていい？」
　こっそりと息を吐いたとき、声をかけられた。
　疲れた表情の颯くんがいて、こくりと頷く。
「うん。どうぞ……！」
　私も、颯くんが隣にいてくれたほうが楽だ。
　気心がしれているし、感覚が合うから。
　さっきまで絶えず喋っていた男の人が、颯くんが来たのを見て黙り込んだ。
　隣にいた女の子が、その人に声をかけて話し出したのを見てホッとする。
　少し休憩したかったから、ちょうどよかった……。
「楽しい？」
　颯くんにそう聞かれ、苦笑いが零れる。
「えっと……うん」
　楽しいかって言われると返事に困るけど、みんな悪い人ではなさそうだから……。
「あのさ」
　そっと、耳元に口を寄せてきた颯くん。
「よかったら、抜けない？」
「え？」

抜けるって……ここから？
「でも、ルリちゃんに悪いし……」
「神崎にはあとで俺から言っておくよ。俺、正直こういうところ苦手で……藍ちゃんが一緒に抜けてくれると助かるんだけど……」
　１人だと抜けにくいってことかな……？
　ルリちゃんには申し訳ないけど……私も、できることならそろそろ帰りたい。
「うん、私も……」
　こそっと、颯くんにそう伝えた。
　颯くんは、嬉しそうに微笑み、私の手を握る。
「それじゃあ、一緒に──」
　立ち上がらせようとしてくれたのか、颯くんがぐいっと手を引っ張ったときのことだった。
　──バタン！！！
　カラオケボックスの部屋が、勢いよく開かれたのは。
　驚いて、その場にいた人の視線が一点に集中する。
　私も、扉から入ってきた人の姿を目に捉えた。
　──え？
　自分の目を疑った。
　だって、そこにいたのは……。
「……藍」
　いるはずのない、人だったから。
「そう、ちゃん？」
　状況が呑み込めないまま、私の口から、息を切らしたそ

の人の名前が零れた。
　私のほうへと歩いてくる宗ちゃんを、ぼうっと見つめる。
　そして、私の手を握っている颯くんの手を振り払った宗ちゃん。
「……藍、帰るよ」
　そう言って、宗ちゃんはガシリと私の手を握った。

「二度と俺の前に現れるな」＊side宗壱

　課題を進めながら、定期的にスマホを確認する。
【家に着いたら連絡して】
　俺の連絡を最後に、途切れたトーク画面。
　既読すらつかないことに、内心ひどく焦っていた。
　もう、課題どころじゃない。
　やっぱり追いかけるべきだった……。
『1人で帰る！　もう放っておいて!!』
　目に涙をためた藍の姿が、頭から離れない。
　俺は本当に……何をやっているんだろう。
　好きな子に、あんな顔ばかりさせて。
　藍だけが愛しいのに、誰よりも傷つけてしまっている。
　こんな自分じゃ、本当にそろそろ愛想をつかされてしまいそうだ。
　スマホを操作して、新たにメッセージを送る。
【藍、着いた？】
【大丈夫？　心配だから返事だけちょうだい】
　このまま返事が来なかったら……明日、会いに行こう。
「宗壱くん〜、この文献どこ引けばいいかわかんない〜」
　甘ったるい声で、そう聞いてきた女の子。
　ただでさえ苛立っていた俺は、耳障りなその声を無視した。
「ねえ、誰か教えてあげて」

「はいはーい、どこわかんないの？」
　別の班員に任せて、自分の分の課題を進めた。
　女の子が、あからさまに不満そうな表情に変わる。
　相手にするのも面倒だ。
　そう思ったとき、突然スマホが着信音を響かせた。
　藍……？
　そう期待して画面を見たけど、映し出されたのは【母さん】の文字。
　肩を落としながらも、ゼミ仲間たちのいるリビングを出て、母さんからの電話を受話した。
『もしもし宗くん？』
「母さん、どうしたの？」
『さっき藍ちゃんと会ったんだけど……』
　母さんの言葉に、ぴくりと反応する。
「さっきっていつ？」
『本当についさっき、5分前くらい。エレベーターの前でばったり会ったの。藍ちゃん、今日荷物持ってきてくれたでしょう？』
　5分前……。
　藍はもうマンションに着いたってこと？
　少しだけ安心したけれど、何かあったわけじゃないなら、俺の連絡は見たくないってことだろう。
　未だに既読もつかないんだから、そういうことか。
　藍に無視されたことなんてなかったから、内心ショックだった。

そして同時に思い知る。
　返事をしない俺に、藍はいつもこんな気持ちになっていたのかと。
　こんな気持ちにさせてしまっていたんだと……罪悪感があふれた。
　自分への戒めとして、あんまり連絡をしないようにしていたけど、それがこんなふうに藍を傷つける結果になっていたら元も子もない。
『宗くん、藍ちゃんと何かあったの？』
　母さんの質問に、どきりと心臓が跳ね上がった。
「何かあったって、なんでそんなこと聞くの？　藍から何か聞いた？」
『ううん。渡してきたっていう報告をもらっただけなんだけど……』
　言いにくそうな母さんに、歯がゆさを感じて「だけど、どうしたの？」と急かすように聞く。
『藍ちゃん、泣きそうな顔してたのよね……』
　……っ。
『宗くんが関わってないならいいの』
「……いや、俺のせいだよ。……藍はちゃんと家に帰った？」
　最悪だ。本当に。
　自分への嫌悪感で、吐き気がする。
　自分自身に、腹が立って仕方なかった。
『ええ、お家のほうに歩いていったわよ』
　確認した言葉への返事に、ひとまず安心した。

藍は可愛いから、帰りに誰かに言い寄られたりなんかして悪いことに巻き込まれたりしてるんじゃないかって、心配だったから。
『……宗くん、藍ちゃんのことは大切にね。あんなにいい子、滅多にいないわよ』
　……え？
『ま、お母さんがこんなこと言わなくても平気よね。宗くんは昔っから、藍ちゃんのこと大好きだものね』
「……知ってたの？」
『当たり前よ。宗くんのお母さんだものっ』
　初めて知る事実に、正直驚いた。
　言ったことはなかったけど……そっか、バレてたんだ。
　母さんは鈍感だしお人好しだし、いっつも父さんを心配させてるから、いろいろと疎いんだろうなと思っていたのに……。
　でも、そういえば昔から、俺の気持ちには敏感だったな。
　よく見てくれているんだなと、俺は今更そんなことに気づいた。
「……うん、ありがと。また家にも帰るよ」
『はぁい。頑張ってね』
　母さんとの通話を切り、藍とのトーク画面を確認する。
　まだ、既読はなし……か。
　でも、家に帰ったことがわかってよかった。
　俺は画面のキーボードを打って、新たに藍にメッセージを送る。

【さっき母さんから、藍と会ったって聞いた。今家にいるの?】
　……って、こんな確認のメッセージじゃダメだろう。
　俺が今、伝えないといけないのは……。
【今日はごめん】
　何よりも、謝罪の言葉。
　今日だけじゃない。
　今までたくさん傷つけて、ごめん。
　あと2年経って、藍が18才になったら……もうその先は、誰よりも幸せにするって誓うから。
　今まで傷つけた分甘やかして、誰よりも何よりも大切にして、毎日藍への気持ちを言葉にするから。
　だから——頼むから俺のこと、好きなままでいて。
　……とっとと課題を終わらせて、寝て、明日誤解を解きに行こう。

　黙々と課題を進め、自分が預かった分はすべて片づけた。
　時計を見ると、夜の11時。
　半分は終わっているから、明日の午前には普通に間に合いそうだ。
「参考文献引けた?」
　ゼミ仲間にそう聞けば、そろって苦笑いを浮かべた。
「あー……それが、まだいいの見つからなくてさ……」
　別に作業が遅いからといって、なんとも思わない。
　この世にはできる人間とできない人間がいる。

できない人間に過剰な期待をするほうが間違っていると、昔からよく父さんが言っていた。
「できてる分だけ貸して。残りはしておくから」
　俺の言葉に、その場にいた人間が一斉に目を輝かせた。
「マジで……！　超助かる！」
　別に、親切でもなんでもないから、誤解しないでほしい。
　単純に、自分１人で終わらせたほうが早いと判断しただけだから。
　こんなことなら、もとから１人でやればよかったな。
　家に呼ばなかったら、藍に誤解されることもなかっただろうし、藍との時間が増えたはずなのに。
　そんな、考えてももう遅い後悔におそわれた。
　自室にこもって作業しようと思ったとき、女の子が声をかけてくる。
「宗壱くん、私に手伝えることあったら──」
「ない」
「え？」
「君に手伝ってもらうことなんてないから大丈夫。それより、俺を気づかってくれるなら早く帰って。女の子だし、もう夜遅いから気をつけてね」
　にっこりと、せめてもの愛想笑いをした。
「あの……もう終電が……」
「まだあるはずだよ。何？　他県にでも住んでるの？」
　終電も計算して言ってあげたのに。
　他のゼミ仲間は、もう疲れてそうだし終わった課題を渡

さないといけないから、床でいいなら寝てくれて構わないけど……女の子は無理。

　藍とはまだ付き合えていないけど、俺の中では心に決めた相手だ。

　そんな相手がいるのに、何もないとはいえ異性を家に泊めるなんて不誠実すぎる。

　この子に対してじゃない、藍に対して。

「課題は明日、誰かに渡すよう頼むから。誰か送ってあげなよ」

　もし帰りに何かあったら面倒だし、適当にゼミ仲間にそう伝える。

「あ、じゃあ俺送るわ！」

　グループの中でも、一番能天気そうな男が手を挙げた。

　この男は使えないし馴れ馴れしくてちょっとうっとうしいけど、きっと悪いヤツじゃない。

「うん、ありがとう」

　そう言って、俺は1人デスクのある部屋へ移った。

　他のゼミ仲間の課題、びっくりするほど終わってないけど……このくらいなら、徹夜とはいわず終わるだろう。

　寝不足で運転するわけにもいかないし、早めに終わらせて寝て、学校行って帰ってきたら……明日こそは藍の家に行こう。

　無視されてる手前、学校で待ち伏せしたら逃げられるかもしれない。

　直接家に行って、2人きりで話す時間を作ってもらおう。

このときの俺は、心のどこかで余裕を持っていたのかもしれない。
　説明したら、藍はきっとわかってくれる。きっと許してくれるって。
　藍の気持ちが——俺から離れようとしていたことにも気づかずに。

　窓から射す光の眩しさに、半ば強制されたように目が覚める。
　今、何時だ……。
　スマホを開くと、朝の8時過ぎだった。
　確か、4時頃に課題が終わって、紙提出だから班員分コピーして用意して……そのまま寝落ちしたんだろう。
　藍から返事、来てない……か。
　通知の表示がないロック画面に、肩を落とす。
　せめて既読はついていてほしいと、トーク画面を開いた。
　……ん？
　俺が送ったメッセージに、既読の文字がついている。
　そして、30分前に着信があったのか、通話履歴が残っていた。
　……何だ？
　どうして、俺が電話に出たことになってるんだ……？
　通話時間30秒と書かれている表示に、驚いてすぐにベッドから身体を起こす。
　そして、念のために入れていた、通話をすべて録音する

アプリを起動した。
　立場上、何かあったときにと、入れていたそのアプリ。
　そして、藍から来ていた着信の通話録音を流した。
『もしもし？　宗ちゃん──』
『あ、昨日の幼なじみちゃん？　宗壱くんならまだ寝てるよ〜』
　──瞬時に、すべて理解した。
　この子……昨日帰らなかったのか？
『……っ』
　藍の、息を呑む音が聞こえた。
　続く会話を、じっと聞く。
『ぐっすり眠ってるから、起こすのも悪いし……何かあるなら伝えておこうか？』
『あ、の……どうして、あなたが電話に……』
『えー、どうしてって、寝てるベッドの上に置いてあったから』
　勝手に俺の寝室に入ったのか。
　どうして鍵をかけておかなかったんだろう……ていうか、触られたと思うと少し嫌悪感がして、枕元に置いてあるウェットシートに手を伸ばす。
『もしもーし。何かあるなら──』
　プッツリと、そこで通話は途切れた。
　俺は立ち上がって、寝室を出る。
　リビングでは、ゼミ仲間が床やソファで寝ていた。
　そして、キッチンに立っている女の子の姿が。

「あっ……宗壱くん、おはよう」
　にこりと計算し尽くされた微笑みを浮かべて、俺のもとに駆け寄ってくるその子。
「ごめんね……昨日、話してたら終電逃しちゃって……」
　そんな言い訳は別にいらない。
「お詫びって言ったらなんだけど、朝ごはん作ったの。疲れたでしょう？　よかったら食べて——」
「舞川さん、だっけ？」
　俺は冷めた目で、女の子を見下ろす。
「ど、どうしたの、宗壱くん……？」
「なに人のスマホ触ってるの？」
「え……」
　一瞬驚いた表情になったその子は、すぐにとぼけるような仕草をした。
「電話。勝手に取ったよね？」
「や、やだなぁっ……そんなことしてないよ、私っ」
　これだけ証拠を残しておいて、どうして騙せると思ってるんだろう。
　そのバカさ加減に笑えてきた。
「……じゃあこれは？」
　俺は通話の録音再生ボタンを押した。
　女の子の顔が、みるみるうちに蒼ざめていく。
「……ど、どうして……」
「どうしてじゃないよね。何してるの？」
「あの、これは……」

もごもごと、言葉を濁す女の子に憤りを感じた。
　この子が男だったら、確実に握った手を振り下ろしてる。
「君のこと、プライバシーの侵害と使用窃盗で訴えてあげようか？」
「……っ……！」
「とりあえず、まずは大学に報告からかな。俺の家、監視カメラもついているから、証拠だったらいくらでも提出できるよ」
　この子のせいで藍に誤解されたと、責任を押しつけたいわけじゃない。
　ただ、もう一生俺の前に現れないでほしいだけ。
「ご、ごめんなさいっ……」
「謝罪なんかで許すわけないでしょ。俺、優しい人間じゃないから。今、君みたいな卑劣な女の子、消えてくれたらいいのにって思ってる」
　自分の口から出たひどい言葉に、自分自身で驚いた。
　女の子も、目に涙を浮かべて怯えている。
　別に、かわいそうなんて１ミリも思わないけど。
「とりあえず、今すぐ出ていって。そして二度と俺の前に現れるな。……わかった？」
「は、はいっ……」
　震える声で返事をして、荷物を持ち、家を飛び出していった女の子。
　他のゼミ仲間は、まだいびきをかきながら眠っている。
　俺は１人、額を押さえて深いため息をついた。

04＊不器用な告白

「そいつから手、離せ」＊side宗壱

　……出ない。
　学校が終わり、車で藍の家に向かっていた。
　もう何十回とアプリから電話をかけたのに、繋がらない。
　メッセージも、何通も送っているけど一向に既読がつかない状態だった。
　今朝の電話で、絶対に何か誤解された。
　仕方ない……俺が他の女を意図的に家に泊めて、一緒に寝たと勘違いされてもおかしくない。
　車を停めて、隣にある実家にも寄らず藍の家へ向かった。
　焦りつつもインターホンを押すと、すぐに藍のお母さんが出てくれる。
『はーい』
「宗壱です。藍さんいますか？」
『藍はまだ帰ってきてないの。今日は友達と遊ぶみたい』
　友達と……遊ぶ？
「そう、ですか……」
　俺は、何を思ってるんだろう。
　俺とケンカすることは、藍にとって大したことじゃなかったのかとか、そんな情けない考えにゾッとする。
　……クソ。
　子供はどっちだ……。
「あの、もし帰ってきたら、僕に連絡してほしいって伝え

てもらってもいいですか？」
『わかったわ』
「ありがとうございます」
　そう言って立ち去るしかなかった俺は、一旦(いったん)実家に戻ることにした。
　母さんに挨拶して、自分の部屋だった場所に入る。
　私服のままベッドに寝転び、スマホを見つめた。
　藍……。
　もしかして、ブロックされてるのかもしれない。
　無視というより、俺のメッセージは届いてすらいないらしい。
　自分が送った一方的なメッセージを見つめて、ため息をついた。
　……電話してみよう。
　友達と遊んでいる最中かもしれないけど、今はそんな気を使っている余裕はなかった。
　アプリからではなく、スマホに直接電話をかける。
　頼むから、出て……藍。
　そう、思ったときだった。
　プツリと、コールが切れる。
『え〜、藍ちゃんはさ──』
　聞こえたのは、うるさいBGMと、知らない男の声。
　そして、すぐに切れた電話。
「……っ」
　今の……なんだ……？

友達と遊ぶって言ってたけど……いったいどこで？
どんな友達と遊んでるんだ？
スマホ越しに聞こえた男の声が、耳に残っている。
それが、俺の中のドス黒い感情を沸き立たせた。
藍が今他の男と一緒にいると思ったら、嫉妬と独占欲で頭がおかしくなりそうだった。
ベッドから立ち上がって、再び家を出る。
隣のインターホンを押して、出てくれるのを待った。
プツッと音がしたので、すぐに話しかける。
「何度もすみません、宗壱です」
『宗壱くん？　どうしたの？　藍ならまだ──』
「藍さんがどこにいるか、わかりませんか？」
　藍にスマホを持たせた当初に、藍のお母さんから聞いたことがある。
『お父さんったら過保護でね、念のためにって、藍のスマホにGPSアプリ入れてるのよ〜』
　藍は気づいてないと、笑って話してくれた。
　藍のお母さんなら……藍の居場所がわかるはずだ。
『ちょっと待ってね……あ、よかったら上がって』
　お言葉に甘えることにして、家に上がらせてもらった。
「お邪魔します」
　リビングに入ると、藍のお母さんがスマホを触りながら難しそうな表情を浮かべている。
「……宗壱くん、藍電源切ってるみたいなの……最後の位置情報は駅前のカラオケみたいなんだけど……」

俺の電話に出たってことは、電源を切ったのはそのあとだろう。
　うるさいBGMはカラオケだったのか……きっとまだ、藍はそこにいるはずだ。
「すみません、その位置情報送っていただいてもいいですか？」
「わかったわ」
　お母さんに頼むと、すぐに位置情報を送ってくれた。
　急いでも15分はかかるな……。
「宗壱くん、何かあったの？」
　心配そうに聞いてきた、藍のお母さん。
　俺は悩んだ末、頭を下げることしかできなかった。
「……すみません。また、ちゃんとお話させてもらいます」
　何から話せばいいのかわからない。
　藍のお父さんとの約束も、お母さんはきっと知らないだろうし……昨日のことも、どのような順序で話せばいいのかまとまらなかった。
　いつか、ちゃんと……藍のお母さんには話さないといけない。
　俺の藍への気持ちも、その覚悟（かくご）も全部。
「ふふっ、待ってるわね」
　優しく微笑んでくれた藍のお母さんに、心が軽くなった。
「ありがとうございます」
　藍はお母さん似だなと、こんなときなのに呑気に思った。
「それじゃあ、失礼します」

すぐに向かわないと……。
「……宗壱くん」
　急いで出ていこうとした俺を引き止めたのは、藍のお母さんの声。
「私はあなたの味方よ」
　……え？
　その言葉に驚いて、俺は目を見開かせた。
　もしかして……藍のお母さんも、全部気づいていたのかな……？
「……ありがとうございます」
　女の人って、勘が鋭いんだろうか。
　母さんも藍のお母さんも……敵わないな。
「それじゃあね。藍のこと、よろしく頼みます」
「はい。お邪魔しました」
　笑顔で頷いて、今度こそ家を出る。
　俺は車のキーを手に、藍がいるはずの場所へ急いで向かった。

　位置情報を頼りに着いたカラオケ店。
　受付に聞いても、高校生の男女客なんて多すぎてわからないと返ってくるだけだった。
　いくつもある部屋の透明ガラスから中を覗いて、藍のいる部屋を探して回る。
　どこだっ……。
　ここに向かっている間も、嫌な予感がして仕方なかった。

電話越しに聞こえた声は数名。

男女がカラオケボックスで遊ぶなんて、俺の中では単純に友達同士か……合コンかの二択だった。

藍は仲のいい男友達が少ないと言っていたから……後者の可能性が高い。

なかなか藍の姿が見つからず、しびれを切らしていたとき、一番大きな端の部屋にその姿を見つけた。

俺は勢いよく扉を開け、中に入る。

男女ちょうど4人ずつ、中にいた人間の視線が、一気に俺に集まる。

その中に、藍のものもあった。

「……藍」

見つけた……。

「そう、ちゃん？」

ひどく驚いた様子の藍。そして、その手を隣にいる男が握っていることに気づいた。

カッと、全身の血が沸騰したように怒りが込み上げる。

俺はすぐに藍のもとに近づき、男の手を払う。

「……藍、帰るよ」

平静を保ちながら、一刻も早く藍をこの場から離そうと手を握る。

そのまま歩き出そうとした俺の手を、藍が勢いよく振り払った。

「は、放して……！」

……藍？

じっと、拒絶を含（ふく）んだ瞳で俺を見つめる藍に、どくりと心臓が跳ね上がった。
　俺が思っていた以上に、藍の誤解は深まっていたのかもしれない。
　藍に拒絶されたことがショックで呆然としてしまっていると、隣にいた男が藍を自分のほうへと引き寄せた。
「やめてください。藍ちゃん、嫌がってるじゃないですか」
　よく見たら、見覚えのあるその男の顔。
　藍を迎えに行った日に、一緒に帰っていた男か。
「嫌がってもなんでも、連れて帰るよ」
　再び藍の手を握ろうと手を伸ばす。
　しかし、藍は俺の手から逃げるように、隣の男の腕をつかんだ。
「や、やだっ……！　宗ちゃんとは帰らない……！」
　助けを求めるように、男の腕にしがみつく藍。
　その姿に、もうこれ以上嫉妬心を隠しきるのは無理だと諦めた。
「藍……そいつから手、離せ」
　どんな理由であれ、藍が他の男に触れるなんて許せない。
　自分の口から、どこから出ているのかわからないような低い声が出る。
「……っ」
　藍も驚いたのか、びくりと肩を跳ねさせた。
「だから、あなたがそんなこと言う権利——」
「部外者は黙ってろ」

隣の男の声に、そう吐き捨てた。
　俺と藍の間に、誰も入ってくるな。
　俺たちの間には……誰も介 入できない絆と、積み重ねてきた年月がある。
　ポッと出の男なんかに、藍を奪われてたまるか。
　この子は俺のものだと、叫んでしまいたかった。
「……藍」
　独占欲をぐっと堪えて、少し怯えてしまった藍に優しく話しかける。
「いい子だから。ね、帰ろう？　お母さんも心配してるよ」
「……え？」
　お母さんを出すのは卑怯 な気もしたが、手段を選んではいられなかった。
　抵抗するのをやめた藍が、おとなしく俺に手を繋がれる。
　ぼうっと見物していたその場にいた高校生たちに、にっこりと笑顔を向けた。
「藍、連れて帰るね」
　向こうの返事は聞かずに、俺は藍の手を握ったままその部屋を出た。

「……好きだ」＊side宗壱

「はい、乗って」
　車の助手席のドアを開けて、そっと藍を乗せる。
　俺も運転席に乗って、藍のほうを見つめた。
　おとなしくなった藍は、黙り込んだまま下を向いている。
「藍、ちょっと話そう」
　俺の提案に、藍がゆっくりと俺のほうを見た。
「どうして、私がいる場所わかったの……？」
　いきなり答えづらい質問を投げてきた藍に、口籠(くちご)もってしまう。
　スマホのGPSだなんて、言えるわけがない。
「……探した」
　結局、俺の口から出たのはそんな返事。
　藍は納得がいってなさそうだったけど、俺はこれ以上追及されないように、こっちから質問をした。
「それより、さっきの合コンだよね？」
　確認のためにそう聞くと、藍はゆっくりと頷く。
「……うん」
　うんって……わかってて行ったの？
　もしかしたら、友達に強引に連れてこられたんじゃないかと思っていたけど……どうやら、藍は自分の意志で参加したらしい。
「なんでそんなところに行ってるの？」

少しだけ、聞き方がきつくなってしまった。
「……宗ちゃんには、関係ないもん……」
　関係ない……か。
　何も言い返せないことがもどかしくて、下唇を噛む。
　とにかく、先に昨日のわけを話そうと、ゆっくりと話を始めた。
「昨日のことだけど」
「……」
「大学の宿題でね、複数人でしなきゃいけない作文みたいなのがあるんだよ。成り行きで俺の家を使っただけで、他人を入れたのは始めてだから。女の子も、同じグループだから仕方なく入れただけで、それ以外になんの関係もない」
　俺の話を、藍は視線を下げたままじっと聞いている。
「本当は昨日のうちに帰ってくれって伝えてたんだけど、勝手に居座ってたんだ。電話も、俺が寝てる間に勝手に出たみたい。あの子とは、もう会わないし関わらないから」
　言い訳みたいだ、と思った。
　実際、言い訳なんだけど。
　話し終えて、俺は藍の返事を静かに待つ。
「そんなこと……私に言わなくても、大丈夫だよ」
　突き放すような、関心がなさそうな言い方に、ぞくりとした。
　こんな態度の藍は、初めてだったから。
「……藍？　怒ってる？」
　顔色を窺うように、藍の顔を覗き込む。

「怒って、ない……でも……」
 言葉どおり、藍の声に怒りの色は見えなかった。
 でも……何か諦めたような、虚しい声色だった。
「私もう……宗ちゃん好きなの、やめる」
 ──え？
「……っ」
 やめる……？
 藍の言葉に、ひどい焦燥感に駆られた。
「宗ちゃんも、私みたいな子供に好き好きって付きまとわれて、迷惑だったよね……ごめんね、ずっと、しつこくて諦めの悪い幼なじみで……」
 待って、違う。
 迷惑なんて思ったことは一度もない。
 藍に好きだと言われるたび、俺がどれだけ嬉しかったか。
 でも……俺の態度が、藍にそんな誤解をさせてしまったんだろう。
 このままだとマズい。早く言い訳をしないと取り返しがつかないことになると、俺の頭はすぐに理解した。
 藍が俺から離れていこうとしている。
 それが、とてつもなく恐ろしかった。
「藍、俺は──」
「でもね、もう安心して。これからは、好きって気持ち、なくなるように頑張る。もうしつこく連絡もしないし、急に家に行ったりもしないから……」
 違う、そうじゃないんだよ。

「待って、俺の話を……」
「私、早く宗ちゃん以外の人、好きになれるように頑張るからっ……」
「藍!!」
　俺の言葉を聞こうとしない藍に、思わず大きな声を出してしまった。
　びくりと藍の肩が跳ねたのが見えて、すぐに「大きな声を出してごめん」と謝る。
「頼むから、俺の話を聞いて……」
　できるだけ優しい声で、そう伝えた。
「もう、いいの。宗ちゃんと話すこと、何もないよっ……」
　完全に、聞く耳を持とうとしない藍。
　そして、車から降りようとしているのか、ドアに手をかけた。
　俺はすぐにロックをかけて、助手席から開けられないようにする。
　生まれてこの方、感じたことのない焦りに、頭の整理がつかない。
　いったいどう説明すればいい？
　どんな言い訳をすれば、藍はまだ俺を好きでいてくれるんだろう。
　違う……言い訳じゃダメだ、きっと。
　もう、俺のほうが限界だった。
「……好きだ」
　あっけなく、口から零れた言葉。

もう何年も我慢していたのに、俺はあっさりと告げてしまった。
　お父さんとの約束を破るより、藍が俺から離れていくほうが耐えられなかったのだ。
　あとで謝罪するなり、土下座するなりいくらだってしてやる。
　俺以外の男を好きになれるように、頑張るなんて……。
　——そんなこと、絶対に許さない。
「……え？」
　藍が、驚いたように目を見開いて、その瞳に俺を映した。
　そしてすぐに、ふっと諦めたような笑みを零す。
「うん……ありがとう」
　どうやら、俺の渾身の告白は、伝わらなかったらしい。
　藍が鈍感なことは、俺が誰よりもよくわかっているはずなのに。
「私も早く、宗ちゃんと同じ好きになれるように——」
「俺の好きは、藍と同じ意味だよ」
　鈍感で、天然で、じつは臆病で怖がりで、しかも寂しがりで……俺に愛されている自覚なんて少しもない藍には、ちゃんと言わないと伝わらない。
「……何、言ってるの？」
　意味がわからないとでも言わんばかりの藍の表情。
「藍のことが好きだよ。1人の女の子として」
　はっきりと言葉にして、藍に伝える。
「だから、俺以外を好きになるなんて、許さない」

そっと伸ばした手を、藍の頬に重ねた。
　そして、藍の身体が震えていることに、初めて気づいた。
　ああ、俺はどうしてこんなになるまで、藍の気持ちと向き合ってあげなかったんだろう。
「宗ちゃん……言ってること、めちゃくちゃだよっ……」
　お父さんとの約束も大事だけど、それ以上に、俺が一番大切にしなければいけなかったのは、藍なのに。
　藍の綺麗な瞳から、静かに流れたひと筋の涙。
　俺はそれを、そっと拭った。
「全部話すから、泣かないで」
　もう片方の手で、震えている藍の手を握る。
「俺もずっと藍のことが好きだったんだ。……でも、藍は高校１年生で、まだ16才でしょ？」
　藍が、俺の話を聞きながら、こくりと頷いた。
「俺は大学生で、３つも離れてる。藍にとっては年齢なんて関係なかったのかもしれないけど、俺にとっては重大な問題だったんだよ」
　３つという年の差は、大人になってしまえば、そこまで大きなものではないかもしれない。
　それでも、子供の間はその差がとてつもなく大きなものに感じる。
　俺が中学生の頃、藍は小学生だった。
　高校生のときは中学生。
　そして今は、藍はまだ高校生だ。
　お父さんとの約束もそうだったけど、俺にはもう１つ、

大きな心配があった。
　藍の気持ちを素直に信じきれなかった、もう１つの理由。
「藍は小さい頃からずっと俺と一緒にいて、ある意味洗脳みたいに、俺を好きになったのかもしれない。一番近くにいた男だから。優しい幼なじみを、好きな人って勘違いしてるだけかもしれない」
　女子校の女の子が、大してかっこよくもない男性教師を好きになるのと、同じ現象。
　そんなふうに、どうしても皮肉に考えてしまうことが、何度かあった。
「はたから見たら、みんなそう思う。俺だってそう」
　そばに３つ年上の"お兄ちゃん"がいたら、好きになって当然だ。
「今俺が藍に気持ちを伝えるのは、間違ってるって思ってずっと黙ってた」
　藍がちゃんと……自分の意思で、判断できるようになったとき。
「だから、藍が18才に……ちゃんと自分で正常な判断ができる大人になるまで、俺の気持ちは黙っておくつもりだったんだ」
　物心ついたときから近くにいるのが俺だったとか、狭い環境(かんきょう)の中だとか、そんな制限がすべてなくなった上で判断できるようになってから……伝えるべきだと思ってた。
　もう、過去形でしかないけれど。
「……だったけど……もう我慢の限界」

綺麗事を並べたけど、きっと俺はどんな状況に置かれても、藍を手放す気はなかったと思う。
　もとから、逃げ道をあげるつもりなんてなかったんだ。
　だって、藍に少しでも俺以外の男との未来が見えた途端、あっけなく想いを告げてしまうほど弱い意志だった。
　もうどうだっていい。
　年齢の差とか、幼なじみだとか……藍がそばにいる以上に望むものなんて、俺にはないんだから。
　藍さえいてくれれば、俺は他なんてどうでもいいんだ。
　だから……。
「藍が他のヤツを好きになるって言ってるのに、指を咥えて黙って見ているなんてできない。俺以外の男の隣にいる藍を想像しただけで、嫉妬でおかしくなりそう」
　藍も、この先一生、俺だけを見てて。
　よそ見なんてさせない。たくさん傷つけて悲しませた分、これからはうんと甘やかして、俺の重たいくらいのありったけの愛情を捧げるから。
「好きだ……藍だけが、もうずっと前から」
　華奢な肩にそっと手を置く。
「俺にとって、世界で一番愛しい存在。誰にも……渡したくない」
　耳元でそう囁くと、藍の身体がびくりと震えた。
　涙は止まるどころか、勢いを増している。
「……ほんと、に……？」
「本当だよ」

ぎゅっと、俺の気持ちを伝えるように、抱きしめる腕に力を込めた。
「……嘘」
「嘘じゃない」
「だって……信じ、られない……」
　拒絶するように、首を横に振る藍。
　俺は肩に手を添えて、そっと身体を離した。
　藍と視線を合わせて、優しく微笑む。
「信じて。俺は……藍が好きだよ」
　藍の瞳からは、大粒の涙が溢れていた。
「……も、夢でもなんでもいい……」
　ぎゅっと、今度は藍から抱きついてきた。
「宗ちゃんっ……」
　しがみつくように俺の服をつかんでくる藍に、湧き上がる愛しさ。
「夢じゃないよ。……今まで、たくさん傷つけてごめんね」
　これからはもう、泣かせたりしないから──。
　子供らしく泣きじゃくる藍を抱きしめ返しながら、俺は心の中でそう誓った。
　もう、絶対に離さない──。

「どうしてそんなに可愛いの？」

　私はきっと今、夢を見ているに違いない。
　宗ちゃんに抱きしめられながら、そう思った。
　このまま、醒(さ)めないでほしい……もうずっと、夢の中でもいいからっ……。
　ぎゅっと、宗ちゃんのシャツを握った。
「藍？」
　宗ちゃんが、私の名前を呼んで、心配そうに顔を覗き込んできた。
「まだ夢だと思ってるの？」
　ふっと笑って、私の頭を優しく撫でてきた宗ちゃん。
「どうしたら現実だって信じてくれる？」
　笑顔でそう聞いてくる宗ちゃんの声が甘すぎて、ますます夢の中だという確信が深まる。
　こんな現実……あるわけないっ……。
　宗ちゃんが、私のこと好きだって……そんなこと言うわけないのに……。
　もし、これが本当に現実なんだとしたら……。
「痛いくらい、ぎゅーって……抱きしめて、ほしい……」
　じっと宗ちゃんを見つめてそう言えば、宗ちゃんの喉元(のどもと)が波を打った。
「……そんな可愛いお願いなら、いくらでも聞いてあげる」

そう言って、狭い車内で私の望みどおりに強く抱きしめてくれる宗ちゃん。
　力強く抱きしめられ、息が苦しい。
　でもその苦しさが、これは現実だと教えてくれるみたいだった。
　本当に……宗ちゃんは、私のことを好き……？
　そんな幸せな現実が……あっていいんだろうか……。
　そう思うほど、今たまらなく幸せで、同時に頭の整理が追いつかない。
　何年も拒まれ続けていたから、なおさらだった。
「藍……泣かないで」
　止まっていたはずの涙が、再び零れ出していたようで、宗ちゃんがそっと拭ってくれた。
　その優しい触れ方に、また涙が止まらなくなる。
「……っ」
「ふふっ、藍は昔から泣き虫だね」
　だって、だってっ──。
「宗ちゃん、いつまで経っても、私のこと恋愛対象として見てくれなくて……宗ちゃんにとって、私は幼なじみで、妹で……」
　ずっとそうなんだって、諦めていたから。
「どれだけ頑張っても、宗ちゃんはいつか私じゃなくて、他の人を好きになるから……早く、忘れなくちゃと思ってた……っ……」
　両想いでした、なんて言われても、すぐには受け入れら

れないよ。
「早く、宗ちゃんの言うただの幼なじみになれるように頑張ろうって……思ってた……」
「それで、今日は合コンに行ったの？」
「うん……失恋には新しい恋がきくって言ってたから……」
「……また友達の悪知恵？」

　悪知恵……？
　不機嫌になった宗ちゃんに、首を傾げた。
「もう……友達に簡単に流されちゃダメだよ。どんな子と仲良くしてるのか、心配だな……」
「ル、ルリちゃんと理香ちゃんはいい子だよっ……！」
「本当に？」
　こくこくと、何度も首を縦に振る。
　私が落ち込んでいるときには、２人がいつも励ましてくれたんだもん。
「それじゃあ……また今度挨拶させてもらうよ」
「……え……」
「……どうしたの？　嫌？」
　不思議そうに、そう聞いてくる宗ちゃん。
「嫌ってわけじゃないんだけどね……」
　２人のことも宗ちゃんのことも大好きだから、仲良くなってもらいたい、けど……。
「２人とも、すごく美人さんだから……ちょっと心配……」
　大好きな２人に嫉妬しちゃうなんて、私、すっごく性格悪い……。

こんなこと言ったら、宗ちゃんにも嫌われちゃうかもしれない……。
　心配になって、ちらりと顔色を窺うように宗ちゃんのほうを見た。
「……ねぇ」
　眉をひそめて私を見る宗ちゃん。
「どうしてそんなに可愛いの？」
「……え？」
　か、可愛い……？
　一瞬、どきりと心臓が高鳴った。
　でも……ち、違うよね。
「そ、それは……妹みたいなって意味だよね……」
　この前言われたばっかりなんだから、勘違いしちゃダメだよ……。
　そう自分に言い聞かせた私に、宗ちゃんはふっと笑う。
「違うよ。もうずっと前から、藍のこと女の子として可愛いって思ってる。さっきも言ったでしょ？」
　私に向けられた優しい微笑みに、ドキドキと心臓が騒ぎ出した。
「きっと藍が思ってる以上に、俺は藍が可愛くて仕方ないから」
　もう、私の頭の中は混乱状態だった。
　今までも……可愛いって、思ってくれてたのかな……？
　あ、あんなに、私のこと興味なさそうだったのに？
　ほんとのほんとに、宗ちゃんは……。

「もう我慢しないから、これからは可愛いって思ったときに可愛いって言わせて」
　私のこと、好きでいてくれてるのっ……？
　やっと、少しだけ実感が持てた。
　嬉しすぎて、またじわりと涙が零れてくる。
　感極まって声が出なくて、こくりと頷いて返した。
「……可愛い」
　私を見つめながら、再びその言葉を口にした宗ちゃん。
「ダメだ……俺、四六時中思ってるから、可愛いが口グセになりそう」
　自分の顔に、かぁっと熱が集まるのがわかる。
「は、恥ずかしい、よっ……」
　これ以上は、いろいろとキャパオーバーだよっ……。
　ただでさえ、宗ちゃんの告白に戸惑ってるのに……。
「ふふっ、かわい」
　宗ちゃんが甘すぎて、溶けてしまいそう。
「私の心臓がもたないから、あんまり可愛い、禁止……っ」
「その反応も可愛すぎるんだけど……」
「も、もうっ、宗ちゃん……！」
　珍しく意地悪な宗ちゃんに、頬を膨らませる。
「ふっ、ああ、ダメだ。俺、今すごく浮かれてるみたい」
　そう言って無邪気に笑う宗ちゃんに、胸がキュンッと高鳴った。
　母性本能をくすぐられるって、こういう感覚なのかもしれない。

「できるだけ我慢するよ」
　私の頭をわしゃわしゃと撫でたり、私の髪をいじったりしてご満悦な様子の宗ちゃん。
　本当に、夢みたいな時間だなと思いながら、私はされるがままじっとしていた。
　ふと、今の状況を思い出す。
　すっかり忘れてしまっていたけど、ここは車の中だった。
「宗ちゃん、今日はどっちに帰るの……？」
　宗ちゃんもハッとした表情になって、「そろそろ帰ろうか」とシートベルトをしめた。
　あ……もう少し、撫でてほしかったな……。
　そんなことを思った自分に恥ずかしくなって、気を紛らわせるように私もシートベルトを締める。
「今日は実家に帰るよ。……それに、藍の家に挨拶に行かせてもらわないと」
　……え？
「挨拶……？」
　いったいなんの挨拶だろう？と、首を傾げる。
「うん。お父さん、いつも何時に帰ってくる？」
「えっと……夜は８時とか９時とかかなぁ？」
　宗ちゃんは私の返事を聞きながら、エンジンをかけた。
「わかった」
　ギアを動かして、車を発進させた宗ちゃん。
「あの、どうしてお父さん……？」
　気になってそう聞くと、宗ちゃんはハンドルを握りなが

ら、ちらりと私を見て優しく微笑んだ。
「……あとでちゃんと話すよ」
　……？
　結局謎が解けないまま、宗ちゃんの運転する車に揺られて家に帰った。
　マンションに着き、一旦自分の家に帰った宗ちゃん。
　私も、家に帰ってお母さんとごはんを食べる。
　リビングでくつろいでいると、夜の８時前に玄関が開いてお父さんが帰ってきた。
　お父さんが帰ってきたら連絡してって、宗ちゃん言ってたなぁ……。
　そう思って、とりあえず連絡を入れることにした。
　ブロック、解除しなきゃ……。
　次に解除するときは、宗ちゃんへの想いを断ち切ったときだって覚悟してたのに……。
　まさかこんな幸せな気持ちで、そのときを迎えられるとは思っていなかった。
　トーク画面に移って、【お父さん帰ってきたよ！】と連絡をする。
　すぐに既読がついて、なんて返事が来るんだろうと待っていたら、家のインターホンが鳴った。
　近くにいたお母さんが出て対応する。
「あら、宗壱くん？」
　……え？
「ええ、いるわよ。どうぞ入って」

ま、待って、宗ちゃん、家に来たのっ……？
　状況が理解できずにいると、ガチャリと玄関のドアが開く音が聞こえた。
　聞こえてくる足音が、少しずつ大きくなる。
「お邪魔します」
　そう言って入ってきたのは、さっきバイバイしたはずの宗ちゃんだった。
　私と、そしてソファに座っていたお父さんも、驚いた様子で宗ちゃんを見ている。
「自分が邪魔だってわかってるなら入ってくるな」
　すぐに仏頂面になり、宗ちゃんに冷たくそう言い放ったお父さん。
「ちょっと、お父さん……！　宗ちゃんに意地悪言わないで！」
　すぐに宗ちゃんをかばうと、お父さんは困ったように眉の端を下げた。
「あ、藍……怒らないでくれ……」
　私に甘いお父さんは、すぐに態度を改めてくれた。
　それにしても……宗ちゃん、どうして急にうちに来たんだろう？
　不思議に思って宗ちゃんのほうを見ると、宗ちゃんがお父さんの前に移動した。
「今日は、お話があって来ました」
　……話？
　改まって、そう切り出した宗ちゃん。

あっ……そういえば、挨拶がどうのって言ってたような気が……。
「別に、俺はお前と話すことなんか──」
「藍さんと、お付き合いすることを許してください」
　素っ気なく言い返したお父さんの声を遮って、宗ちゃんが放った言葉。
「……え？」
「は？」
　リビングに、私とお父さんの情けない声が響いた。
　そ、宗ちゃん……!?
　な、何言ってるのっ……!?
　宗ちゃんを見つめて、目で訴えた。
　けれど、宗ちゃんは一切私を見ず、というより真剣な表情でただじっと、お父さんのほうを見つめていた。
「お前……前に言ったこと、忘れたのか？」
　お父さんの言葉に、ますます疑問が膨らむ。
　前に言ったことって何……？
　私がいないときに、２人で何か話してたのかな……？
「もちろん覚えています。ですが……今日、僕の気持ちを藍さんに伝えました」
　宗ちゃんの言葉に、お父さんが目を見開いた。
　そして、顔をしかめて大きな声をあげる。
「約束も守れない男に、藍をやるわけないだろ!!　これだから、京壱の息子なんていやだったんだ……」
　状況はわからないけど、空気が深刻であるということは

わかった。
　宗ちゃんが、その場で深く頭を下げる。
　私はただ、２人を見守ることしかできなかった。
「約束を破ってしまって、本当にすみません。不誠実な男だと思われても仕方ないと思っています。今は未熟な部分ばかりで、藍さんへの気持ちを証明するものも、何もないかもしれません」
　宗ちゃんが、ゆっくりと顔を上げた。
「ですが……これから、お父さんに認めてもらえるような男になります。安心して藍さんを預けてもらえるような男になるために、誰よりも藍さんに相応しい人間になります」
　宗ちゃん……。
「今後一切、お父さんとの約束を破るようなことはしません。なので……藍さんと交際することだけは、許してもらえないでしょうか」
「無理だ。帰れ」
　即答したお父さんに、ついに２人の間に入った。
「お父さん……！　どうしてそんなこと言うのっ……！」
　いったいどんな約束をしたかは知らないけど……お父さんの態度はあんまりだっ……。
「藍、こいつは大学生だぞ？　この年で３つも下の人間を好きになるなんて、おかしいに決まってる」
　お父さんの言葉に、ひどく胸が痛んだ。
「ひどい……」
　お父さんが、そんな偏見のような言葉を口にする人だと

思わなかった。
　大切な人をバカにされて、怒りが込み上げる。
　私のことを心配してくれているのはわかるけど、それにしてもあんまりだ。
「許してくれないなら、私お父さんのこと嫌いになるからね……!!」
「……え」
　私の言葉に、お父さんはあからさまにショックを受けた顔をした。
　キッチンで見守っていたお母さんが、くすっと笑ったのが目に入る。
「もう口もきかない！　お父さんのわからずやっ……！」
　宗ちゃんの手を引いて、家を出ようと歩き出す。
「ま、待ってくれ、藍……！」
　引き止める声に、ピタリと足を止めた。
　振り返ってお父さんを見ると、困ったように眉の端を下げ、私を見ている。
「いいじゃない、お父さん」
　今まで黙っていたお母さんが、初めて口を開いた。
「想い合ってる２人が恋人になるって言ってるんだから。私たちは、応援してあげましょうよ」
「で、でも……」
　まだ納得がいっていない様子のお父さんのそばに寄って、肩を叩いたお母さん。
「宗壱くんが頑張ってるのは、お父さんもわかってるでしょ

う?」

「そ、それは……」

「藍が決めたことだもの。私たちが口を出すことじゃないわ。それに、よく知らない男の子と付き合われるより、宗壱くんのほうが安心でしょう?」

　ふふっと笑って、お母さんは私と宗ちゃんのほうを見た。

「きっと、宗壱くんなら藍のことを幸せにしてくれるわよ」

　お母さん……。

　いつだって、私の気持ちを誰よりも理解してくれたお母さん。

　いつも優しく、たくさんの愛情を注いでくれた。

　そんなお母さんの言葉に、視界が涙で滲む。

　宗ちゃんも、何か感情を堪えるように、下唇を噛みしめていた。

「……おい、お前」

　長い沈黙のあと、口を開いたお父さん。

「は、はい」

　宗ちゃんが、背筋を伸ばして返事をした。

「門限は6時。藍の成績が下がるとか悪影響が出たら即刻会うのを禁止する。なんなら別れさせる!　言わなくてもわかってるだろうが、変なことは一切するなよ!　それと、もちろん外泊も禁止だからな!」

　……え?

　これって……許してくれたってこと……?

　門限が6時って、前より1時間早まっているけど……。

パッと、宗ちゃんと顔を見合わす。
　嬉しそうに口元を緩めて、目を輝かせた。
　宗ちゃんはお父さんのほうへ向き直って、返事をした。
「はい、必ず守ります」
「藍のこと泣かせたら、わかってるだろうな」
「泣かせません」
「……チッ」
　舌打ちをしながらも、お父さんはそれ以上何も言わなかった。
　や、やったっ……！
　宗ちゃんが急に切り出したときはどうなることだろうと思ったけど……お母さんのおかげだっ……！
　お母さんのほうを見ると、私を見て、にこっと笑顔を返してくれた。
　あとで2人きりのときに、ちゃんとお礼を言わなくちゃっ……。
　それに……。
「お父さん……ありがとうっ」
　お父さんに近づいて、ぎゅっと抱きついた。
　きっとお父さんは過保護だから、いろんな葛藤(かっとう)があったんだと思う。
　否定されたときは悲しかったけど、こうして認める選択(せんたく)をしてくれたことが嬉しい。
「あ、藍……！」
　嬉しそうに私の名前を呼ぶお父さんに、ふふっと笑みが

零れた。
「かっこいいわよ、お父さん」
　私に続いて、お母さんも後ろからお父さんに抱きつく。
「真由(まゆ)っ……！」
　完全にデレデレになったお父さんは、鼻の下を伸ばしながら宗ちゃんを見た。
「ふっ、仕方ないな……。おい、今からは親子水入らずの時間だ、早く帰れ！」
「あ……待って、宗ちゃん、私も宗ちゃんのお家に行ってもいい？」
「え？」
　私の言葉に、宗ちゃんがきょとんとした顔をした。
「こ、こらっ……！　門限は6時だって言っただろう！」
　う……。
「だって……話したいことが……」
　聞きたいこと、たくさんあるんだもん……。
　さっき言ってた、約束とか……。
　むーっと、頬を膨らませる。
「いいじゃない、お父さん。話くらいさせてあげましょう」
　お母さん……！
　また助け舟(ぶね)を出してくれたお母さんが、今は誰よりも頼もしく見えた。
「けど……」
「私、優しいお父さんが好きよ？」
「……」

お父さんは、私にも甘いけど、お母さんにはもっと甘い。
　お母さんのお願いは全部聞いてあげているし、喧嘩をしている姿なんてただの一度も見たことがないくらいの仲良しだ。
　黙り込んだお父さんに、お母さんが微笑んで私のほうを見る。
「ふふっ、藍、いってらっしゃい」
　どうやら、無言の了承というものらしい。
　ありがとう、お母さんっ……！
「うん！　いってきます！」
「お邪魔しました」
　宗ちゃんはリビングを出るとき、そう言って深々と頭を下げた。
　お父さんはふんっと顔を背けていたけど、私にはその光景がとても微笑ましく見えた。

「甘やかしたくて仕方ない」＊side宗壱

　今日は、人生で一番緊張した日になった。
　藍に告白して、お父さんに挨拶しに行って……。
　藍のお母さんのおかげで、なんとか許しをもらえた。
　後日にでも、お母さんにお礼しに行こう。
　藍の家から、藍と2人で俺の家に行く。
　母さんに挨拶してから、2人で部屋に入った。
　ベッドに座って、藍にも座るように隣をポンッと叩く。
　親鳥についてくる雛鳥のように、すとんと座った藍が可愛くて思わず頭を撫でた。
　触れたいときに触れられるって、なんて幸せなんだろう。
　これからは好きって言葉を押し殺したり、素っ気ない態度をとったりする必要もないのか……。
　どうしよう、幸せすぎて口元が緩んで仕方ない。
　だらしない顔を隠すように、片手で口元を隠した。
「宗ちゃん？　どうしたの？」
「ううん、何もないよ」
「そっか……それより、約束って何？」
　不思議そうに聞いてくる藍に、ハッとした。
　そうだ、ちゃんと説明しとこう。
「……藍が18才になるまで俺の気持ちは伝えないって約束してたんだよ。お父さんと」
「ええっ……！」

俺の言葉に、藍はこれでもかというほど目を見開いた。
　どうやら、まったく知らなかったらしい。
　もしかしたらお父さんから何か言われているかもと思ってたけど……まあ、普通言わないか。
「２年も破っちゃったね」
　そう言って、俺は苦笑いを浮かべた。
　大学生と高校生で恋人って、いるにはいるだろうけど、なかなかマズい関係なんだろうなぁ……。
　でも、別に俺は年下が好きなわけじゃない。
　藍だから、好きになった。
「そうだったんだ……」
　藍は、なぜか申し訳なさそうに、眉の端を下げた。
「……私、そんなことも知らないで……ごめんなさい」
　どうやら、何も知らなかったことに対して謝っているらしい。
　謝罪なんて、いらないのに。
「藍が謝る必要ないよ。ほら、おいで」
　藍を見つめながら、両手を広げた。
　すると、恥ずかしそうに顔を赤らめながらも、恐る恐る抱きついてくる。
　背中に回された手が、控えめに服をつかんでくる姿に、愛しさが込み上げた。
　ぎゅっと抱きしめ返して、藍の首筋に顔を埋める。
　藍の甘い匂いに、酔ってしまいそう。
「やっと、藍が俺のものになった……幸せ」

できることなら、もうこのまま離したくない。
「私もっ……」
　抱きしめ返してくる小さな手に、たまらない気持ちになった。
　こんなに幸せで大丈夫だろうかと、心配になるくらい。
　こんな幸せを味わったら……もうもとの生活になんて戻れないな。
　俺は藍の肩に手を添えて、そっと身体を離した。
　不思議そうにきょとんとしている藍を、じっと見つめる。
「改めて、ちゃんと言わせて」
　スッと息を吸って、人生で一度しか言わないだろう言葉を口にした。
「俺と、付き合ってください」
　藍が、綺麗な瞳を一瞬見開いた。
　そして、すぐにくしゃっと、泣きそうな表情に変わる。
「はいっ……」
　目に涙をためながら頷いた藍が可愛くて、俺は再び、華奢な身体を抱きしめた。
　もう、絶対に離さない。
　この子は誰がなんといおうと、俺のものだ。
　誰にも渡さない。……死んでも譲(ゆず)らない。
「俺、嫉妬深いから、あんまり他の男と仲良くしないでね」
　冗談交じりな言い方をしたけど、冗談なんて少しも入っていない。
　ありえないけど、もし藍が浮気なんてしたら、相手の男

はどうにかしてやる。
「宗ちゃんも……」
　上目遣いで俺を見て、そう言った藍。
　こんな可愛い彼女がいて、よそ見なんてできるわけないのに。
「仲いい女の子なんていないよ。俺はずっと前から藍しか見てない」
　そっと頬を撫でると、藍が恥ずかしそうに視線を下げた。
　そんな仕草でさえ、俺を煽る。
「……可愛い」
　無意識に口からその言葉が零れて、自分がどれだけ骨抜きにされているのか改めて痛感した。
　よくこれで、今まで我慢できたなと思う。
　いや、今まで我慢していた分、蓄積されてるのかも。
「……変なことするなって、どこまでだろう」
　お父さんの言葉を思い出して、俺は悩んだ。
「え？」
　きょとんとしている藍の姿に、ふっと笑う。
「……キスまでは、許してもらえるかな」
「……っ」
　途端に真っ赤になった藍を見て、あっけなく理性の糸が切れる。
　ああ、もうダメだ。
　可愛すぎて……理性も何もかもコントロールできそうにないな。

導かれるように、自分の唇を藍のそれへと寄せる。
　そっと、重ねるように優しいキスを落とした。
　キスが甘いと表現した人の気持ちが、今ならよくわかる。
　なんだろうこれ、甘すぎる。
　唇を離すと、りんごのように赤く染まった藍の顔が視界いっぱいに広がった。
　ふっ、もう、どこまで可愛ければ気がすむんだろう。
「ごめん。抑えきかなかった」
　笑顔で謝った俺に、藍は何も言わず下を向いた。
「嫌だった？」
　ちょっと急すぎたかと反省したのもつかの間。
「……ううん。もっとしてっ……」
　恥ずかしそうに見つめてくる藍に、ないに等しい俺の理性が崩れたのは言うまでもない。
　なんで、こんな無自覚に煽ってくるかな……。
　ある意味、天然小悪魔に振り回される日々は変わらないのかもしれない。
　ダメだ、今キスなんてしたら止まらなくなる。
「……藍、付き合うにあたって、何個か約束決めなきゃね」
「約束？」
　このままじゃ、いつ自分が狼(おおかみ)になってもおかしくない。
「まず、あんまり可愛いことはしない。俺の理性が危ないから」
「理性……？」
　意味がわかっていないのか、こてんと首を横に傾げた藍。

くらりと目眩がして、頭を押さえた。
「……ダメだ、何しても可愛い……」
　今までどうやって平静を保っていたのか、もう思い出せない。
「恋人になったんだって思ったら、タガが外れちゃったみたいだ」
　腕の中に閉じ込めるように、ぎゅっと強く抱きしめる。
「藍のこと、甘やかしたくて仕方ない」
　そう伝えると、藍は甘えるように、頬を胸にすり寄せてきた。
「いっぱい甘やかして、宗ちゃんっ……」
　……っ。
「参ったな……」
　本当にどうしよう。
　浮かれすぎな自覚はあるけど、可愛いものは可愛いんだから仕方ない。
「可愛すぎて、甘やかすだけじゃすまないかも……」
　藍の頬に手を添えて、我慢できずにもう一度口づけた。
　やわらかくて甘いそのキスに、頭も身体も溶けてしまいそうで……。
　もういっそ２人で溶けてもいいかなんて、自分らしくないことを思った。
　今日は人生で一番緊張した日。
　そして……。
　一番、幸せな日になった。

05＊とびきり甘い恋人

「大好きだよ」

　私は、今、今世紀最大に幸せだ。
「ルリちゃん、理香ちゃん、おはようっ……！」
　朝。教室に入って、先に登校していた２人に挨拶をする。
「おはよ！　随分上機嫌だな！　どうした〜？」
　ぷにぷにと私の頬を摘んで遊ぶ理香ちゃん。
「おはよ。ふふっ、よかったわねぇ、元気が戻って」
　ルリちゃんは、すべてお見通しと言わんばかりにニヤリと口角を上げた。
「昨日はごめんね、ルリちゃん……せっかく私のために人を集めてくれたのに……」
「そんなこといいのよ。で、あのあとどうなったの」
　興味津々な顔で、前のめりに聞いてくるルリちゃん。
　理香ちゃんも、「なんかあったの!?」と目を輝かせて私を見た。
「宗ちゃんと……付き合うことになったのっ」
　笑顔でそう報告すると、ルリちゃんからは「やっぱりね」と言う言葉、理香ちゃんからは「は？」と驚いた声が返ってきた。
「ま、待て待て待て……宗ちゃんって、他に女いたって言ってなかったか!?」
「それはあたしも気になったんだけど……ま、昨日の様子だと、誤解だったみたいね」

「え!?　ルリ会ったのかよ!?」
　理香ちゃんの声が、教室中に響いた。
「あんた、いっつも声デカいのよ」
「わりいわりい……ま、藍が幸せなら、うちらは祝福する!!」
　そう言って、ぎゅっと抱きしめてきた理香ちゃん。
　私は嬉しくなって、笑顔が零れた。
「ただし、泣かされたら言えよ！　ボッコボコにしてやる!!」
「ふふっ、うん！」
　一緒に喜んでくれる２人に、「ありがとう」と伝える。
「で、どんなヤツだった!?」
　理香ちゃんが、興味津々な表情でルリちゃんにそんな質問をした。
　ルリちゃんは、うーん……と悩む仕草をしたあと、口を開く。
「独占欲が人の形して歩いてるみたいな男？」
「は？」
　独占欲……人の形？
　ちょっとわからないその例えに、首を傾げる。
「俺も同感」
　……え？
「颯くん……！」
　いつからいたのか、背後から現れた颯くんが、いつものように爽やかな笑みを浮かべた。
「おはよう、藍ちゃん」

「おはよう！　颯くんも、昨日はごめんね……」
　昨日あんな帰り方をしてしまったことに対して、謝罪の言葉を口にする。
「ううん、気にしないで。それより、藍ちゃんに元気が戻ってよかったよ」
　すべてを察したようなその言い方。
　颯くんの優しさに、心が洗われるようだった。
「ありがとうっ……！」
　颯くんにもたくさん心配をかけちゃったから、いい報告ができてよかった。
「七瀬……今日は傷心会開いてやるよ……！」
「ジュースくらいなら奢ってあげるわ」
「慰めはいらないから……」
　恒例の中身の見えない会話に、相変わらず置いてけぼりになる。
　傷心会……？　もしかして、あのあと颯くんに何かあったのかな……？
「それにしても"宗ちゃん"がどんなヤツなのか超気になるなぁ……」
　理香ちゃんが、腕を組みながら「うーん……」と唸る。
「なあ、うちにも今度会わせて!!」
「うんっ。宗ちゃんも挨拶したいって言ってた」
　いつか、みんなで一緒に遊んだりしたいなぁ……と、そんな未来を想像する。
　将来的には、トリプルデートとか、クラスメイトたちが

しているようなこともしたいなぁ……ふふっ。
「真正面から受けて立つわ、って言っといて」
　……え？
「そうだな……藍に相応しい男か、見極めるか」
「……？　うん！」
　とりあえず、頷いた私。
　私が想像している初対面と、２人が想像しているものには随分と差があることに、気づくのはもう少し先のこと。

　その日の夜。そろそろ寝ようと、布団に入る。
　宗ちゃんは今日の朝帰ってしまったから、隣の家にはもういない。
　遠距離ってほど離れていないけど、会える頻度が低くて、少しだけ寂しい気持ちになった。
　でも、今は幸せのほうが何百倍も優っている。
　宗ちゃんと付き合えることになるなんて、昨日までは思ってもいなかったから。
　おやすみって、メッセージ送ってもいいかな……。
　本当は声が聞きたいけど……忙しいかもしれないからダメ、か……。
　でも、メッセージ送るだけならいいかな……？
　悩んだ末、【おやすみ！】というひと言だけ送った。
　──ピロリンッ。
　え？
　スマホの画面がすぐに、宗ちゃんからの着信を知らせる

ものに変わって、慌てて通話ボタンを押す。
「も、もしもしっ……」
『もしもし、今寝るところ？』
「う、うんっ……！」
　びっくりした……。
　まさか、宗ちゃんから電話が来るなんて……！
　嬉しくって、頬がだらしなく緩んだ。
『そっか』
「そ、宗ちゃんは？」
『俺は課題してるよ。今課題ラッシュなんだ』
　大学の課題って、すごく難しそうだな……。
「そうなんだ……忙しい？」
『少しだけ』
　宗ちゃんが少しだけと言うんだから、とっても忙しいんだと思う。
　いつもなら、そんなことないよって言う宗ちゃんだからこそ、忙しさが伝わってきた。
　もしかしたら、電話とかもあんまりしないほうが……。
『でも、藍の声聞けたから頑張れる』
　……っ、え？
　宗ちゃんの言葉に、胸がどきりと高鳴った。
　宗ちゃんも、私の声聞きたいって、少しでも思ってくれてた……？
「私も……声聞きたかったから、嬉しい」
　本当に、嬉しくて今すぐ飛び跳ねてしまいたいくらい。

『俺の声が聞きたくなったら、いつでも電話して』
「え……い、いいの……？」
『もちろん。だって、藍は俺の彼女でしょ？』
　彼女……。
　宗ちゃんの口から出た言葉の響きに、じーんと感動する。
　本当に私、宗ちゃんの彼女なんだ……。
　改めて、そう実感した。
「そんなこと言われたら、私……毎日かけちゃうかもしれないよ……？」
　少しわがままなことを口にすると、宗ちゃんがふふっと笑った。
『俺も、毎日藍の声聞きたい。できることなら毎日会いたいのに』
　ほ、ほんとに……？
　夢のような言葉に、もう舞い上がってしまいそうだった。
　今までの素っ気ない宗ちゃんはどこに行ってしまったんだろうと思うほど——。
　今の宗ちゃんは、とにかく甘い。
　態度も、言葉も、声も……。
「今度、宗ちゃんのお家に泊まりに行っちゃダメ……？」
　調子に乗ったらうっとうしがられちゃうかもしれないと思いながら、つい欲張りな言葉を言ってしまう。
　どこまでなら許してくれるんだろうと、断られることを覚悟で言った。
『お父さんとの約束があるから、泊まりはダメ』

返ってきた言葉に、内心肩を落とす。
「うん……」
　そうだよね……。
　門限は6時って言われてるから、お泊まりはもちろんダメだよね……。
　お父さんに内緒でっていうことも、したくないし……。
　でも、お泊まりじゃなくても、宗ちゃんといつもより長い時間を共有したかったな。
『でも、課題が片づいたらデートしよっか？』
　……え？
　デート……？
　宗ちゃんの言葉に、私は目を輝かせた。
「するっ……！」
　そういえば、考えてもいなかった。
　宗ちゃんと2人でお出かけなんて、いったいいつぶりだろう。
『ふふっ、じゃあどこに行きたいか考えておいて』
　宗ちゃんの言葉に、1人何度も首を縦に振る。
「うん！　楽しみにしてるね！」
　どうしようっ……わくわくして、今日は眠れそうにない。
　まだ日にちも決まっていないのに、ちょっと気が早すぎるかなっ……。
『俺も。それじゃあ、そろそろおやすみ』
「うん……おやすみなさい」
　もう切らなければいけないと思うと寂しいけど、電話で

きた上に、デートの約束までできたんだから、これ以上わがままは言えない。
　おとなしく通話を切ろうと、スマホを耳元から離そうとした。
『藍』
　直前に名前を呼ばれ、もう一度スマホを耳に当てた。
「はぁい？」
『大好きだよ。またね』
　……へ？
　私の返事を待たずに途切れた電話。
　最後に告げられた言葉に、全身の熱が集まるように顔が熱くなった。
「〜っ……宗ちゃん、ずるいよ……」
　頭の中で、宗ちゃんの『大好き』が繰り返し流れる。
　うー……私のほうが大好きだもん……。
　最後にこんなこと言うの……卑怯だっ……。
　もっと会いたくなっちゃった……。
　ベッドに寝転びながら、行き場のない気持ちを抑えるようにくるくると何度も寝返りを打つ。
　ダメだ……ドキドキしすぎて眠気が覚めちゃった……。
　結局、その日の夜はあんまり眠れなかった。

「照れてるの？」

　ふわぁ……。
　寝不足のまま学校に行ったからか、今日はあくびが止まらなかった。
　宗ちゃんがドキドキさせたせいだっ……。
　そんなことを思いながらも、嬉しくて嬉しくて、私はまだ夢見心地でいる。
　自宅に入ろうとすると鍵が掛かっていて、ポケットからキーケースを取り出す。
　そういえばお母さんは今日、従姉妹の莉子さんと会ってくるから遅くなるって言ってたなぁ……。夕食までには帰ってくるらしいけど。
　1人きりのリビングでソファにダイブした。
　少しだけお昼寝しようかな……。
　でも、もう夕方か……。
　そう思って瞼を閉じたとき、ピンポーンとインターホンの音が響いた。
　ん？　誰だろう……？
　玄関のインターホンが鳴ったってことは、同じマンションの住人さんだ。
　私は重い身体を急いで起こし、インターホンに出る。
「はーい！　……って、宗ちゃんママ……！」
　カメラに映し出された人物に、私は驚いて声が裏返った。

『藍ちゃんこんにちは。お母さんはいるかしら?』
「あ……お母さん、今出かけてて……すみません……!」
『あら、そうだったの……』
　宗ちゃんママは少し残念そうにしたけど、すぐににっこりと微笑みを浮かべる。
『それじゃあ、藍ちゃんだけでも、よかったらうちに来ない?』
「え?」
　宗ちゃんママの提案に、向こうから私の姿は見えていないとわかりながらも首を傾げた。
「ケーキをたくさんもらったの。1人じゃ食べきれなくて」
　その言葉に、私はピクリと反応する。
「ケーキ……!!　行きます!」
　すぐに返事をして、支度をし家を飛び出した。

「いただきます!」
　宗ちゃんのお家にお邪魔させてもらい、テーブルに並んだ美味しそうなケーキを前に手を合わせる。
　お母さんには、『宗ちゃんのお家に行ってきます』と連絡を入れておいた。
　宗ちゃんママが取り分けてくれたいちごのショートケーキを、ぱくりと頬張った。
　途端、口の中に広がった甘味に、ほっぺたが零れ落ちそうになる。
「んー!　美味しい……!」

「ふふっ、よかった。1人じゃ食べきれなくて……ちょうどお紅茶ももらったから、真由さんと藍ちゃんを誘いに行かせてもらったの」

　そう言って、淹れた紅茶を「どうぞ」と私の前に置いてくれた宗ちゃんママ。

「お母さんにも持って帰ってね」

「ありがとうございます……！」

　私はお礼を言って、ケーキを食べ進めた。

「藍ちゃんと2人きりでゆっくり話すのなんて、随分久しぶりね」

「そうですね！　ふふっ」

　宗ちゃんママの言葉に、過去の記憶を辿った。

　最後に2人で過ごしたのは、いつぶりだろう……？

　いつも誰かがいたから、こうして2人でいるのはなんだか少し緊張してしまう。

　小さい頃から可愛がってもらってきたとはいえ、宗ちゃんのお母さん。恋人の……お母さんだから。

　宗ちゃんママにも、私たちのこと、ちゃんと言わないといけないよね……。

　いろいろお世話になったんだもん。

　言わないのは、隠しているみたいで嫌だ。でも……私から勝手に言ってもいいのかな？　宗ちゃんは隠したいかもしれないし……。

「いいことでもあった？」

「っ、え？」

突然投げられた言葉に、思わず食べていたケーキが喉に詰まりそうになった。
「なんだか幸せな雰囲気が出てるから……ふふっ」
　わ、私、何か顔に出てたかなっ……？
　恥ずかしくなって、顔に熱が集まった。
　どうしよう……。
「あ、あの……」
　ちゃんと宗ちゃんに聞いてからのほうが、いいのかもしれないけど……。
「宗ちゃんと、お付き合いすることになりましたっ……」
　ちゃんと私の口から報告したくて、そう告げた。
　宗ちゃんにはあとで伝えようっ……。
「ふふっ、やっぱり」
「え？」
　やっぱり……？
　宗ちゃんママは、微笑みながら口を開いた。
「一昨日(おととい)に藍ちゃんが宗くんと家に来てくれたとき、なんだか感じが違ったから。もしかして……って思ってたの」
　一昨日って、お父さんに挨拶したあと……。
　あのときは、お邪魔しますって挨拶をしただけだったのに……き、気づかれてたんだっ……。
「おめでとう！　私もとっても嬉しい」
　本当に嬉しそうに、そう言ってくれた宗ちゃんママ。
　私は感動にも似た感情が湧き上がって、胸がぎゅっと締め付けられた。

「宗ちゃんママ……」
　優しくて温かくて、本当に素敵な人だと思う。
　喜んでもらえたことが、心の底から嬉しかった。
「藍ちゃんがお嫁さんに来てくれる日も近いね」
「お、お嫁さんなんてっ……」
　もちろんそうなりたいとは思うけど、まだまだ先のことのように思える。
　それに、決めるのは宗ちゃんだから……。
「もっと好きになってもらえるように、頑張ります……！」
　結婚したいと思われるくらい好きになってもらえるように、私は努力するのみっ……。
　私の言葉を聞いた宗ちゃんママは、優しい微笑みを浮かべてじっと私を見ている。
「頑張らなくたって、宗くんは藍ちゃんのこと大好きよ」
　……え？
「お母さんだもん。見てたらわかるわ。格好つけてるだけで、きっと藍ちゃんにメロメロよ」
「そ、そうなんですかね……」
　宗ちゃんが、私にメロメロ……？
　そんなこと全然思わないけど、宗ちゃんママが言うなら、私は自分が思っているよりも、いくらか好かれているのかもしれない。
「もっと自信持って」
　私は笑顔で、こくりと頷いた。
　メロメロ……かぁ……ふふっ、ほんとかな？　そうだっ

たら、いいなぁ……。
「そうだ！　今日はお父さんたち会食があるって言ってたから、3人でごはん食べましょう？　お祝いも兼ねて」
「え！　そ、そんな……」
　そこまでしてもらうのは申し訳と思ったけど、宗ちゃんママはもうその気になっているのか、「何作ろうかな？」と考えている。
「ビーフシチュー、嫌い？」
「だ、大好きです！」
「ふふっ、宗くんもなの。一番の大好物」
「そういえば、家のビーフシチューが美味しいって絶賛してるの聞いたことあります！」
　そう言うと、宗ちゃんママは驚いたような表情をした。
「ほんと？　嬉しいっ」
　宗ちゃん、直接は褒めたりしないのかな……？
　お母さんに言うのは照れくさいのかもしれない。ふふっ。
　でも、宗ちゃんママは本当に料理が上手だ。
「宗ちゃんママのごはんは全部美味しいです」
　何度もごはんを食べさせてもらったけど、その全てが美味しかった。
「藍ちゃん……！」
「ありがとう！」と言って抱きつかれ、えへへと笑う。
「でも、私もともとは料理得意じゃなかったの」
「え？」
「料理以外も、全然できなくて……家事も勉強も、あと早

起きも苦手だったのよ」
　衝撃的な事実に、びっくりした。
　今はなんでも完璧にこなしているからこそ、驚かずにはいられない。
「そうなんですか……！」
「うん。結婚してから、頑張ってできるようになったの」
　宗ちゃんママは、そっと私の頭を撫でてくれる。
「だから……藍ちゃんもすぐにできるようになるわよ」
　そっか……。
　宗ちゃんママは、宗ちゃんパパのために頑張ったんだね。
　私も……宗ちゃんのために、家事も料理も、できるようになりたい。必要になるのは、まだまだ先かもしれないけど……。
「頑張ります……！」
　そう返事をして、再び笑顔を浮かべた。
「よかったら、宗ちゃんが好きなお料理も教えるからね」
「ほんとですか……！　ぜひ‼」
「ふふっ、可愛い娘ができたみたい」
　──ピンポーン。
「あら、誰かしら？」
　インターホンが鳴り、宗ちゃんママが応答した。
『乃々花さん？　藍から連絡があったんだけど、お邪魔してるかしら？』
　お母さん？
　インターホン越しの声が、私のほうまで聞こえてきた。

「真由さん!　藍ちゃんならうちにいますよ。今、夕ごはんを3人で食べようって話になってたの!　よかったらあがってくださいっ」
『ふふっ、ぜひ。お邪魔させてもらいますね』
　お母さんが入ってきて、3人になる。
　その日は3人で、プチパーティーをした。

　夜になり、ベッドに横になる。
　3人でごはんなんて久しぶりだったけど、すっごく楽しかったな……。
　思い出して笑みが零れそうになったとき、スマホが着信音を鳴らした。
　画面に映し出されたのは、【宗ちゃん】の文字。
「もしもし!」
『早いね』
　すぐに出ると、電話越しに宗ちゃんに笑われてしまった。
　宗ちゃんからの電話なら、いつだってどこでだって、何をしててもすぐに出るよ。
『今何してるの?』
「そろそろ寝ようかなと思ってたの。あっ……」
　私は宗ちゃんに言わなきゃいけないことがあったのを思い出した。
「宗ちゃん、あのね……」
『どうしたの?』
「お、怒らないで聞いてほしいんだけど……」

『……何?』

　念のため前置きをすると、途端に宗ちゃんの声色が変わった。

　怒っているとかではなく、私の言葉に構えるように。

「きょ、今日ね……」

『……』

「宗ちゃんママに、付き合ってること話しちゃった……」

　正直にそう言うと、少しの沈黙のあと、『はぁ……』という息を吐く音が聞こえた。

『そんなことか……』

「か、勝手に言ってごめんなさい……!」

『別に構わないよ。いつかはバレることだし、隠すつもりもなかったし』

　その言葉に、ホッと胸を撫でおろす。

『それに、言ってくれてよかった』

「え?」

『俺から言うのはなんていうか……気恥ずかしいから』

「そうなの?」

『親と恋愛の話とか、あんまりしたくないでしょ?』

　そういうものなのかな……?

　私は宗ちゃんを好きになったとき、普通にお父さんに相談したりしたから恥ずかしいとは思わないけど……男の人はそう思うのかもしれない。

「宗ちゃんママ、すっごく喜んでくれたの」

『だろうね。母さん、藍のこと大好きだから』

「ふふっ、私も宗ちゃんママ大好きっ」
『俺のことは？』
　突然そんなことを言われ、言葉が詰まった。
　お、俺はって……。
「も、もちろん、大好き……」
『うん、俺も大好きだよ』
　返ってきた言葉に、胸がキュンッと音を立てた。
　う……やっぱり宗ちゃんはズルい……。
「……」
『藍？　照れてるの？』
「だ、だって、宗ちゃんが……」
『俺が何？』
「うう……」
『ふふっ、可愛い』
　今日も眠れなくなりそうだと、私は明日の睡眠(すいみん)不足の心配をした。

「そいつ、誰?」

　宗ちゃんと付き合い始めて、1週間と少しが経った。
　付き合い始めてから、夜は毎日電話、朝もおはようのメッセージを送り合っている。
　恋人になってからの宗ちゃんはとても優しくて甘くて、毎日ドキドキさせられっぱなしだ。
　なんの不満もない毎日。
　なんの不満もない、けど……。
「会いたいな……」
　ぽつりと、本音が零れた。
「新城、誰に会いたいんだ〜?」
　先生の言葉に、ハッとして教卓のほうを見る。
　今は授業中であるということを思い出して、慌てて姿勢を正して前を見る。
「す、すみませんっ……」
　クラス中から笑い声があがって、苦笑いを浮かべた。

「藍、今日は大爆笑だったな」
　休み時間になると、理香ちゃんがここぞとばかりにからかってくる。
　うぅ……恥ずかしい……。
「早くも両想いの悩み〜?　ラブラブねぇ〜?」
「ル、ルリちゃんまでっ……」

「幸せそうで何よりだなぁ〜」
　ニヤニヤと私を見る２人に、頬を膨らませた。
　２人とも、今日は意地悪だ……。
　でも、２人が私をいじるのは愛によるものだと知っているから大丈夫。
「宗ちゃんに会えてねーの？」
「うん……課題で忙しいんだって」
「大学、頭いいところだったっけ？」
　理香ちゃんの質問に、頷いた。
「L大だよ」
「国公立!?　宗ちゃんやるわね……」
　いつのまにか２人も宗ちゃんと呼び始めていることに、くすりと笑った。
「つーかさ、藍がこの前言ってた店のパフェ、今日までみたいだぞ」
　理香ちゃんの言葉に、眉を垂れ下げて頷いた。
「そうなの……」
「結局行けなかったのか？」
「うん……宗ちゃんを誘おうと思ったんだけど……」
　さっきも言ったとおり、宗ちゃんはとても忙しそうで、パフェを食べに行こうなんて言えなかった。
　理香ちゃんが言っているパフェとは、期間限定カップル限定のいちごデラックスパフェのことだ。
　高級いちごをふんだんに使った特製パフェ。
　食べたかったけど……今回は諦めるしかない……。

カップル限定じゃなかったら、1人でも食べに行ったのにっ……。
「七瀬っちに頼めば？」
　理香ちゃんの提案に、首を横に振る。
「宗ちゃんに申し訳ないから……」
　他の男の子と、カップルのフリをするのは抵抗があった。
　それに、宗ちゃんはあんまり他の男の子と仲良くしてほしくないって言ってたから……。
「くぅ～、よくデキた彼女だ!!」
「そうだ。理香、一緒に行ってあげなさいよ」
「うち？」
　ルリちゃんの言葉に、理香ちゃんがきょとんと固まった。
「体操ジャージで行けば？　あんたイケメンだから余裕よ」
「あー、なるほどなぁ～。ま、藍のためならいいけど！」
「ほ、ほんとにっ……？」
「おう！　今日部活もねーし、行くか！」
　笑顔でそう言ってくれた理香ちゃんを見ながら、私は目を輝かせた。
　やったっ……！
「ありがとう、理香ちゃん！　大好きっ！」
「ふっ、うちのイケメンさに感謝してくれ！」
「あんたのキャラがよくわかんないわ……」
　でも、理香ちゃんは髪が短いからイケメンに見えるだけで……もし伸ばしたら、すごく美人だと思う。
　鼻筋もスッとしてるし、目も綺麗な形だしスタイルも

とってもいい。
　女の子にだけモテモテなことを、私は少し疑問に思っているくらい。
「あんた学年イケメンランキング、七瀬差し置いて１位だったわよ。まあ、校内では２位だったみたいだけど」
　ルリちゃんの言葉に、そんなランキングあるんだ……と驚く。
　颯くんは３位だったのかな？
「マジで!!　１位誰だよ!?」
「イケメンランキングには突っ込まないのね……。ま、佐伯海里（さえきかいり）には勝てないでしょ」
　佐伯海里……？
「あー……なんか聞いたことある。佐伯三兄弟だっけか？」
「そうそう、三兄弟の三男よ」
　佐伯三兄弟（せんり）……？
　聞いたことのない名前に、首を傾げる。
「それ誰のこと？」
　私の質問に、ルリちゃんは知らないの？と驚いた表情をした。
「イケメン三兄弟。ここら辺じゃ有名人よ？」
　有名人……？　聞いたことないな……。
「今年卒業した長男の佐伯千里、今２年の佐伯海里が三男。それと、Ｋ高に通ってる次男の佐伯万里（ばんり）」
　ルリちゃんは、丁寧に説明してくれた。
　Ｋ高って、公立の県内随一の学力を誇る高校。

ちなみに、宗ちゃんもＫ高出身。
　宗ちゃんだって、有名人だったけど……。
　ちょっとだけ、佐伯三兄弟という人たちへ敵対心が湧いてきた。
「あたし佐伯兄弟と小中一緒だったけど、昔からやばい人気だったわ……」
　うっとりした表情で、そう言うルリちゃん。
　会ったことも見たこともないけど、絶対に宗ちゃんのほうがかっこいいよ……！
「でも、次男の佐伯万里が断トツで一番モテてたわね。あれは近年稀に見るイケメンだったわ……女嫌いだったから近寄れなかったけど。ま、あたしはもともと年上には興味ないし」
　女嫌い……？
　いや、それよりも、気になる言葉が。
「ルリちゃんって年上には興味ないの？」
　ルリちゃんはどこかの社長さんと付き合ってるようなイメージがあったから、少し意外だった。
「ふふっ、まあね」
　何やら、ニヤリと意味深な笑みを浮かべたルリちゃん。
「彼氏も同い年だし」
「え！　そうなんだ……！」
「うちも初耳だわ」
　なんだか、こういう話をみんなでするのは初めてかもしれない。

いつも私の話を聞いてもらうばかりだったから……新鮮だった。
「中学から付き合ってるからね。高校は別だけど」
「ふふっ、いつかみんなでトリプルデートとかできたらいいね！」
「うちは恋とか当分いらね～」
　１人面倒くさそうに、そう言った理香ちゃん。
「理香ちゃんはどういう人がタイプなの？」
「んー、ドジそうなヤツ」
「何よそれ」
　珍しく、その日は恋バナで盛り上がった。

「よっしゃ！　着替えてきたぜ！　行くか？」
　放課後になり、理香ちゃんが部室で体操ジャージに着替えてきてくれた。
　スカートだと女の子って丸わかりだもんね……！
「うんっ！」
　元気に返事をして、２人でお店に向かう。

　着いたそのお店は、個人経営の小さな喫茶店だった。
　私はネットで見ただけだから、来たのは初めてだ。
　パフェを待っているのか、店の外には行列ができていた。
「先にご注文お伺いいたします」
　待っている間に注文を取るシステムなのか、メニューを渡されて２人で注文する。

「えーっと、カップル限定の特製いちごデラックスパフェと、いちごミルク」
「それとコーヒー1つください」
　……ん?
　なぜか大学生くらいの男性の店員さんが、私と理香ちゃんをじっと見ていることに気づいた。
「あの……何か?」
「……い、いえ、かしこまりました」
　そう言って、店内へと入っていった店員さん。
　も、もしかして……。
「バ、バレたかな……?」
「ん?　大丈夫だろ?　俺らの美男美女さにびびったんじゃねーの?」
　ふふっと笑う理香ちゃん。すごい、一人称が俺になってる……!
「にしても、いちごパフェにいちごミルクって、やべーな」
「そうかな?」
　甘いものがそんなに得意じゃないらしい理香ちゃんは、胸をさすって「胸焼けしそう……」と眉をひそめた。

　私たちの順番が回ってきて、席に案内される。
「パフェ楽しみだね……!」
　早く食べたいなぁ……!と、ドキドキしながらパフェを待つ。
「んー、コーヒーのほうが楽しみ。ここの店うまいらしい

から。パフェは藍1人で食べていいよ」
「ほんとにっ……？」
「おうおう、全部食え～」
　にこっとはにかんで、私の頭を優しく撫でた理香ちゃんに、どきりと心臓が高鳴った。
「い、今、理香ちゃんが女の子にモテる理由がちょっとわかった……」
　理香ちゃんの耳元に口を寄せて、こそっとそう伝える。
「ふっ、まあイケメンだからな。ドキドキするだろ？」
　ドヤ顔をして、肩を組んでくる理香ちゃんに笑う。
「ふふっ、やだ～っ」
「おりゃっ」
「きゃっ、ふふっ」
　頬をつついたり髪をいじったりしてくる理香ちゃんを、笑って受け入れる。
　私たちにはよくあるじゃれつきだったけれど、はたから見たら、イチャイチャしているカップルに見えるかもしれない。
　そう見えたのが、いけなかったんだろう。
「……藍」
　——え？
　背後から、聞こえるはずのない人の声が聞こえた。
　気のせいだよね……？
　そう思ったけど、振り返った先にいたのは、紛れもない私の恋人。

「そ、宗ちゃん……！」
　ど、どうしてここにいるのっ……？
「え？　これが宗ちゃん？　マジか……」
　理香ちゃんが、驚いた様子で宗ちゃんを見ている。
　私も、状況が呑み込めず、ただ呆然と宗ちゃんを見つめることしかできなかった。
　……あれ？
　宗ちゃん、怒ってる……？
　無表情でこっちを見ている宗ちゃんに、不安になる。
「そいつ、誰？」
「え？」
「こんなところで何してるの？」
　そう言った宗ちゃんの声は、やっぱりどこか怒っているように聞こえた。
「何って、宗ちゃんこそ……」
　驚く私を他所に、宗ちゃんは財布を出し、お札を1枚理香ちゃんの前に置いた。
　そして、再び私のほうを向く。
「帰るよ」
　……え？
　がしりと、腕をつかまれた。
　強制的に席から立たされて、引っ張られる。
「ま、待って！　パフェが……！」
　スタスタと店内の出口に向かって歩く背中に声を投げるも、私の腕を引く宗ちゃんが止まる気配はない。

何を怒っているかも、どうして連れ出されているのかもわからず、頭の中は混乱状態だった。
　とにかく、パフェを食べられないということだけはわかった。
　理香ちゃんのほうを向いて、歩きながら頭を下げた。
「ご、ごめんねっ……！」
「おー！　気にすんな！」
　せっかく理香ちゃんが、一緒に来てくれたのに……悪いことしちゃった……。
　でも、今は宗ちゃんの手を、振り払わないほうがいい気がした。
　宗ちゃんに連れられるがまま、店内を出る。
「ははっ、あれは確かに独占欲丸出しだわ……つーかこのパフェどーすんだよ」
　私たちがいなくなった店内で、理香ちゃんのため息が響いたなんて知る由もなかった。

「可愛い……好きすぎて、もう心臓痛い」

　店内を出て、どこかへ向かって歩いていく宗ちゃん。
　私は行く当てもわからないまま、その背中についていくしかなかった。
　本当に、どうしちゃったんだろう……。
　頭の上には、いくつものはてなマークが並んでいた。
　路地裏のような場所に、入っていった宗ちゃん。
　人目につかない建物と建物の隙間で立ち止まり、壁側に私を寄せた。
「わっ……！」
　そっと肩を押されて、ピタリと背中が壁についた。
　痛くはないけど、ひんやりとした壁の冷たさが伝わってくる。
　宗ちゃんは、まるで私の逃げ道を塞ぐように、両手を壁についた。
「藍……何してたの？」
　いつもより低い声でそう言って、私を見下ろしてくる宗ちゃん。
「何って……友達とパフェを食べに来てたの。宗ちゃんこそ、どうしてあのお店に……？」
　気になっていたことを聞けば、宗ちゃんは無表情のまま、口を開いた。
「あの店で知り合いが働いてて、連絡してくれたんだ。俺

の幼なじみが、男と店に来てるって。しかも、カップル限定のやつを注文してるって」

　その言葉に、私はさっきの店員さんを思い出した。

　私と理香ちゃんをじっと見ていた店員さん……あの人、もしかしたら宗ちゃんの知り合いだったのっ……？

　それにしても、どうして私が宗ちゃんの幼なじみって知ってるんだろう……？

　どこかで会ったことあるのかな……？

「……で、浮気ってことでいいの？」

　宗ちゃんの低い声に、ハッと我に返る。

　て、店員さんのことは今はいいやっ……！

　それより、誤解を解かないと……！

「ち、違うのっ……！　浮気じゃないよ……！」

　わけを話そうと、口を開く。

　けれど、その先を話すよりも先に、宗ちゃんに腕を引かれた。

　えっ……？

　ぎゅっと抱きしめられ、突然のことに驚く。

　宗ちゃんは、力強く私を抱きしめながら、肩に頭を乗せてきた。

「……うん。わかってる」

　弱々しい声が耳に入って、ますますわけがわからない。

　宗ちゃん……？

「藍はそんなことしないって……わかってるよ。どうせそのパフェとかが食べたくて、適当に誰か誘ったんでしょ

う?」

的確に図星を突かれ、ぐうの音も出ない。
「でも……あんな光景見たら、さすがに怒る。他の男とイチャついて……俺は藍が、俺以外の男といるってだけで、嫉妬でおかしくなりそうなのに……」

いつも自信に溢れている宗ちゃんの、こんなに弱々しい姿は初めて見た。

とても傷ついている宗ちゃんの姿に、胸がぎゅっとしめつけられる。

申し訳なく思う反面、嫉妬してくれたことを嬉しいと思ってしまう自分がいた。

だって、私のことで……宗ちゃんがここまで弱ってしまうなんて……。

こんなときなのに、改めて愛されていることを実感する。
「ち、違うの……!」

すぐに誤解を解きたくて、私は大きい声をあげた。
「……何が違うの?」

じっと見つめてくる、不機嫌な瞳と視線が交わる。
「さっきの子ね、女の子なの……!」
「……え?」

宗ちゃんの瞳の色が、怒りから驚きに変わった。
「……女? いや、どう見ても……」
「確かに、イケメンって有名だよ! 学年でも一番にかっこいいって言われてるんだって……! あ、そんなことはどうでもよくって、本当に女の子なの! 理香ちゃんって

いう、いつも仲良くしてる子で……」

　信じてもらいたくて、必死に説明する。

　宗ちゃん、私は宗ちゃんがいるのに、他の男の子と遊んだりしないよっ……。

「パフェもね、宗ちゃんが他の男の子と仲良くしないでって言ってたから、ほんとは諦めようと思ってたの。でも、理香ちゃんが男の子のフリして一緒に行ってくれるって言ってくれて……だからね、宗ちゃんが心配することはほんとに何も――」

「ごめん」

　私の言葉を遮って、そう言った宗ちゃん。

「はぁ……ほんとに、かっこ悪すぎ」

　大きなため息をついて私の首筋に顔を埋めた。

「今俺のこと見ないで。情けなすぎてなんかもう自分に腹が立ってきた」

　自己嫌悪に陥（おちい）っているらしい宗ちゃんは、顔を隠すように、グリグリとすりつけてくる。

　ひとまず、誤解が解けてよかったとひと安心した。

「俺のことそんなに考えてくれてたのに、疑ってごめんね。知り合いから連絡もらって、急いで来たんだ。藍が他のヤツに取られたらどうしようって……藍の話も聞かずに、一方的に怒ってごめん」

　宗ちゃんの言い方からして、きっとすごく不安にさせてしまったんだろうな……。

　それに……。

「ふふっ、宗ちゃん、可愛い」
　今日の宗ちゃん、なんだか子供みたいっ……。
　母性本能がくすぐられて、愛しさが溢れる。
「……可愛い？」
　宗ちゃん的には嬉しくない言葉なのか、不満そうに眉をひそめている。
　それすらも可愛いと思ったけど、言わないでおいた。
「私のことで、必死になってくれてありがとうっ……心配かけてごめんなさいっ……」
　そう謝って、ぎゅっと背中に手を回す。
　宗ちゃんの身体が、びくりと震えたのが伝わってきた。
「……藍が謝るところじゃないでしょ？　もう……」
　頭を優しく撫でられて、気持ちいい。
「可愛い……好きすぎて、もう心臓痛い」
　本当に苦しそうな声を出す宗ちゃん。
　嬉しすぎる言葉に、私は頬が緩んで仕方なかった。
「ほんとにごめん……怒っていいからね」
　そんなに謝らなくていいのにっ……宗ちゃんは優しいなぁ……。
「ううん……ちょっと嬉しいくらいなの」
「嬉しい？」
「宗ちゃんがヤキモチ焼いてくれて……嬉しいっ……」
　正直に言うと、宗ちゃんは私を見ながら目を見開いた。
「あ、で、でも、これからはちゃんと、心配かけないように——」

最後まで、言わせてもらえなかった私の言葉。
　その先は、宗ちゃんの唇に塞がれた。
「んっ……」
　突然のキスに、驚いて反応が遅れる。
　キスをされたと理解したときには、もう唇は離れていた。
「きゅ、急にどうしたのっ……？」
　かあぁっと、顔に熱が集まった。
「藍があんまりにも可愛すぎたから」
　真顔でそんなことを言う宗ちゃんに、ますます顔が熱くなる。
「何言って……！」
　可愛いって……最近宗ちゃん、そればっかり……っ。
　付き合ってからというもの、ログセのように「可愛い」と言ってくる宗ちゃん。
　今まで言われてこなかったこともあり、私は言われるたびに毎回心臓が大変なことになっている。
　真っ赤になっている私を見て、満足げに微笑んでいる宗ちゃん。
　再び顔を近づけてきて、額にキスを落とした。
　ちゅっと、響いたリップ音に、もう私の顔はりんごのように赤くなっているに違いない。
「好きだよ。俺に愛されてるって自覚した？」
　愛しそうに見つめられて、頷く以外の選択肢は私にはなかった。
「うん……とっても……」

充分伝わりました……と、両手で情けない顔を隠す。
「ふふっ、隠さないでよ。可愛い顔見せて？」
「～っ」
　もう、宗ちゃんの甘さにいろいろとキャパオーバーだよっ……。
「今日は誤解したお詫びに、なんでも言うこと聞いてあげるよ」
　……え？
　宗ちゃんの言葉に、パッと顔を上げる。
「ほ、ほんとにっ……？」
「うん。なんでも」
　笑顔で頷く宗ちゃんに、ゆっくりと口を開いた。
「それじゃあ……」
　じっと、宗ちゃんを見つめる。
　身長差のせいで、見上げるような形になった。
「大好きって、言ってほしい……」
　一番のお願いを伝えると、宗ちゃんが驚いた表情を浮かべた。
「……っ」
　ごくりと息を呑んだ宗ちゃんに、首を傾げる。
　宗ちゃん……？
「そんなことでいいの？　別にお願いしなくても、毎日好きって言ってるでしょ？」
　そうかも、しれないけど……。
　確かに、宗ちゃんは毎日のように「好きだよ」と言って

くれる。
　でも、大好きはたまにしか言わない。
　だから……私にとって宗ちゃんからの「大好き」は、何よりも嬉しい言葉。
「何回言われても、幸せってなるから……」
　ちょっぴり恥ずかしくて、照れ笑いを浮かべる。
「……藍」
　宗ちゃんが、目を細めて私の頭を撫でた。
「大好きなんて、ほんとはとっくの昔に通り過ぎてるよ」
「え？」
　通り過ぎてる……？
「……でも、あんまり何度も言ったら、言葉の重みがなくなっちゃいそうだから、大好きの上はまだおあずけ」
　よく意味がわからなくて、頭の上にはてなマークを浮かべた。
　そんな私を見て、宗ちゃんが笑う。
「今はこの言葉で我慢して」
「え？」
「……大好きだよ」
　……っ。
「私も……大好きっ……」
　嬉しくてたまらなくて、胸がきゅっとしめつけられる。
　宗ちゃんは私を見て、優しく微笑んだ。
　こんなに幸せで大丈夫かなと、心配になるくらい、幸せだっ……。

「あ、あの……もう1個だけ、お願いしちゃダメ……？」
「いいよ」
　優しく許してくれた宗ちゃんに、もう1つのお願いを伝えた。
「ぎゅって……してほしい……」
　服の裾を握って、甘えるようにお願いする。
　宗ちゃんはなぜかバッと口元を隠した。
「ダメだ……藍といたら、心臓が何個あっても足りない」
「……え？」
　どういうこと……？
　そう聞き返すよりも先に、抱きしめられた。
　私のお願いどおり、ぎゅっと包み込んでくれる宗ちゃんに、だらしなく口元を緩める。
「えへへっ……幸せっ……」
「俺も……最高に幸せだよ」
　ほんとに、そう思ってくれてるのかな……？
　……そうだったら、嬉しいなっ……。
「会えなくて寂しかった？」
「……うん……」
　正直に頷くと、宗ちゃんは満足げな表情。
「寂しい思いさせてごめんね」
　抱きしめながら髪を撫でてくれる宗ちゃんに首を横に振った。
「ううんっ、宗ちゃんが忙しいってわかってるから、毎日電話してくれるだけで充分だよ」

もちろん、できることならほんとは、毎日だって会いたいけど……。
「私、宗ちゃんの恋人になれただけで、もう幸せでいっぱいなのっ……」
　今は、不満なんて少しもない。
　大好きな宗ちゃんと付き合えて、不満なんてあるわけなかった。
「……そんなの、俺のほうが感じてる」
　ぼそりと、宗ちゃんが何か言った気がした。
　どうしたの？と目で訴えた私に、再び微笑んでくれる。
「課題が終わったから、来週デートしようか？」
「え……！」
　デートという単語に、慌てて反応した私。
　何度も首を縦に振って、「行く！」と返事をした。
　ふふっ、来週が楽しみだなぁっ……。
　ん？　でも、来週ってことは……。
「今日はアパートのほうに帰るの？」
「ううん。藍と一緒に実家に戻る」
　戻ってきた返事に、首を傾げた。
　ならどうして、今週じゃなくて来週なんだろう……？
　私が考えていることがわかったのか、宗ちゃんはふっと笑った。
「今週の土日は……藍とお勉強会」
「え？」
　お勉強会？

「来週から期末試験でしょ？」
　宗ちゃんの言葉に、ぎくりとした。
「……うっ……」
　どうして知ってるんだろうっ……お母さんにでも聞いたのかなっ……。
「藍のお父さんに、成績が落ちたら会わせないって言われたから、テスト前は勉強会にしようと思って」
　な、なるほどっ……。
　勉強は乗り気じゃないけど、理由はどうであれ宗ちゃんといられるなら私にとっては幸せな時間だ。
　それに、来週にはデートの約束もある。
「テストが終わったらデートが待ってるから、頑張れるでしょ？」
「うんっ……！」
　大きく頷いた私に、宗ちゃんが満足げに頭を撫でてきた。
「今日は邪魔してごめんね。さっきの友達にも、今度謝らせて」
「もう、そんなに謝らなくていいよっ……、理香ちゃんにも言っておくね」
「ありがとう。でも……カップル限定なら、俺を誘ってくれたらよかったのに」
　そう言って、寂し気な表情を浮かべた宗ちゃん。
「ごめんね、忙しそうだったから……」
「藍のお願いなら、忙しくても叶えるよ」
　宗ちゃん……。

「今度から、俺へのお願いは我慢しなくてもいいからね。藍からわがまま言われるの、結構楽しみにしてるんだから、俺」

　優しい笑みを向けてくれる宗ちゃんに、胸がどきりと高鳴った。

　わがままが楽しみなんて……ふふっ、変なの。

　そんなこと言われたら、もっともっとわがままになりそう……。

　宗ちゃんは、優しいな……。

「また今度、そのパフェ食べに行こうか」

「あ……そのパフェ、今日で最終日だったの」

「……ほんとにごめん」

　私の返事に、申し訳なさそうに眉の端を下げた宗ちゃん。

　気にしないでと慌てて首を左右に振ると、宗ちゃんは何かを閃いたようにハッとした表情になった。

「あ、そうだ。今からもう1回予約を取れるか聞いてみよっか？」

「え！　いいの……!?」

「もちろん。もう帰るだけだから、予定もないし。テスト勉強の前に、美味しいもの食べよう」

「ちょっと待ってね」と言ってから、スマホを取り出した宗ちゃん。

　知り合いと言っていたお店の人に電話をかけたのか、スマホを耳に当てた。

「……もしもし。カップル限定のパフェってまだ残ってる？

……今から彼女と食べに行きたいんだけど、予約って取ってもらえないかな？ ……うん、ありがと。それじゃあ向かわせてもらうよ」
　電話を切って、ポケットにスマホを戻すと、宗ちゃんは私を見てにっこりと微笑む。
「予約してくれるって」
　その言葉に、私は両手を挙げて万歳をした。
「やったぁっ……！」
「行こっか？」
「うん‼」
　もう食べられないと思って諦めていたから、ほんとに楽しみっ……！
　手を繋ぎながら、来た道を戻る。
　私の頭の中は、すっかりいちごパフェ一色だった。

「俺も、藍だけだよ」＊side宗壱

　課題がすべて終わり、単位が確定したので、今日は家に帰って藍との時間を作ろう。

　スマホの電話が鳴ったのは、ちょうど家を出ようとしたときだった。

　画面に表示された、この前のグループ課題を一緒にしたゼミ仲間の名前。

　電話に出ないという選択肢が浮かんだが、もし課題のことだったら面倒だと思い、受信ボタンを押した。

『もしもし、椎名？』

「どうしたの？」

　もしどうでもいいことだったら即刻切ろうと思った俺に届いたのは、耳を疑うような話だった。

『あのさ、この前アパートお邪魔させてもらったとき、幼なじみちゃん来てただろ？』

　……藍のことか？

『その子、今俺ん家の店に来てんだよ。彼氏と』

「は？」

　……藍が、彼氏と？

　ありえない。

　だって、彼氏はこの俺だ。

　藍に俺以外の彼氏なんているはずがないし、何かの間違いだと思った。

でも、相当整っている藍の顔を、見間違えるはずがない。
　一度見たら忘れないだろうし、こいつの言っている幼なじみちゃんは藍のことで間違いないだろう。
　問題は、その"彼氏"とやらだ。
「どういうこと？」
　いったい何を根拠にそいつのことを彼氏と言っているのか、説明を求めた。
『今期間限定でいちごのパフェ提供してんだけどさ、それカップル限定なんだよ。で、幼なじみちゃんが連れてきたイケメンとそれ頼んでたんだけど……』
　いちごのパフェは、藍の好物。というより、いちごが大好物だった。
　カップル限定というワードにも引っかかる。
　きっと、パフェ食べたさに男友達にでも頼んだんじゃないかという憶測があがった。
　かといって……違う男とカップルのフリをしているなんて冗談じゃない。
『なんか椎名、幼なじみちゃんのこと大事にしてそうだったから……一応報告しなきゃと思って』
　嫉妬で、スマホを握りしめる手に力がこもった。
「……ありがと。お店の住所送ってくれない？」
『え？　お、おう！』
　送られてきた住所へと、車を発進した。
　藍にその気があるのかはわからないが、もしゼミ仲間の言っていることが正しければ、軽い浮気行為だ。

他の男とカップルだと偽るなんて、どんな理由があれ許せない。
　店内に入り、すぐに藍を探す。
　整った顔の男と身を寄せ合い楽しそうにしている藍の姿を見つけ、言葉では表せないような醜い(みにく)独占欲に全身が支配された。

　衝動のまま藍を連れ去り、独占欲をぶつけてしまった。
　結局、すべて俺の勘違いだったらしい。
　本当に申し訳ないことをしたと思うけど、藍の気持ちも改めて聞けたからよかった。
　ゼミ仲間に電話をかけ直し、藍の食べたがっていたパフェを予約した。
　2人で来た道を戻り、店内に入る。
「いらっしゃいま……あ！　椎名！」
　すぐにゼミ仲間が俺たちに気づいて、駆け寄ってくる。
「悪い、なんか俺の勘違いだったみたいで……さっきの友達から話、聞いたんだよ」
　友達って……藍の？
「理香ちゃんってさ……よ、よく見たら、可愛い女の子だったんだ……ほんと誤解してごめんね……！」
　なぜか顔を赤くしているゼミ仲間に、なんとなく状況を察した。
　普通に男にしか見えなかったけど……何かあったんだろうな。

まあ、正直興味はないから勝手にどうぞって感じだけど。
「あ、あの、こちらこそ騙してすみませんっ……！」
　隣にいた藍が、ゼミ仲間に頭を下げた。
　カップルだと偽ったことに対しての謝罪だろう。
「いやいや、いいんだよほんとに！　カップル限定っていうのも話題性あるかなってつけてみただけだし。パフェはすぐに持っていくから、席どうぞ！」
　笑顔で迎え入れてくれたゼミ仲間に、感謝する。
「ありがとう。助かったよ」
　課題に関しては心底役に立たなかったけど。
「いやいや、俺もこの前課題助かったし！　このくらいいつでも頼んでくれよ！」
　案内されるまま席に行くと、奥の席に見覚えのある人物が座っていた。
　そして、向こうも俺たちに気づいたのか、立ち上がって大きな声をあげる。
「……あ!!　藍と宗ちゃん!!」
　指を差してそう叫んだのは、さっきいた藍の友達。
　……やっぱり、どう見ても女の子には見えないな。
　悪い意味じゃなく、男性アイドルにでもいそうなほど整った顔立ち。
　まさにイケメンという言葉が似合うその子に、俺は軽く会釈(えしゃく)する。
　そして、その子と向かい合う席に、もう1人誰か座っていることに気づいた。

「あら、ほんとだ」
　その女の子が、俺と藍を見て目を見開いた。
「理香ちゃん！　ルリちゃんも……！」
　2人を見ながら、今度は藍が名前を叫ぶ。
　この子も、藍の友達……？
　2人のもとへと、駆け寄っていく藍。
「どうしてルリちゃんがっ……？」
「理香に呼び出されたのよ。いちごパフェ食べに来いって」
「そうだったんだ……！　理香ちゃん、さっきはほんとにごめんね……」
「いいって！　タダでコーヒー飲めたしな！　で、藍たちもパフェ食べに戻ってきたのか？」
「うん……！」
　楽しそうに話しているのを遠目から眺めながら、俺も遅れて歩み寄る。
「理香ちゃん、だよね？　さっきはごめんね、失礼なことをしてしまって……」
　ひとまずさっきした無礼を謝ろうと思い、そう言って頭を下げた。
「いいって別に！　男だと思われるほうが多いし、うちはこのイケメンフェイスに誇り持ってるし！」
　ドヤ顔で返事をくれたその子に、俺は笑顔を返した。
　なんていうか、個性的な友達だ。
　でも、自分のことをうちって言ってるし、本当に女の子なんだな……。

「それより……よかったら座りますか？」
　立ったまま話していた俺たちを見て、もう１人の友達がそう言った。
　藍の友達が座っているのは４人席だから、しようと思えば同席できる。
「えっと……」
　藍のほうを見ると、どうやら一緒に座りたいらしく、ちらりと俺を見てくる。
「じゃあ、ご一緒させてもらうよ」
　そう返事をすると、藍が嬉しそうに目を輝かせた。
「この席に座らせてもらうね」
「わかった！　飲み物どうする？　幼なじみちゃんはさっきいちごミルク頼んでたけど……」
「じゃあそれと、コーヒーでお願い」
「了解（りょうかい）！　すぐ持ってくる！」
　ゼミ仲間にお願いして、俺も藍の隣に座る。
　友達が気を使って席を移動してくれて、藍と俺、友達２人がそれぞれ隣り合う席になった。
　本当は２人で過ごしたかったけど、藍の望みはできるだけ叶えてあげたい。
　最近は会えなくてたくさん我慢もさせてしまったみたいだし、２人の時間は、帰ってからでもいいか。
「藍、さっき見えたけどスカート汚れてるわよ？」
　友人の言葉に、藍が自分のスカートを確認した。
「わっ、ほんとだ……！」

「ごめん、さっきのかも……」
　俺が壁に押しつけたときにできたものだと思い謝ると、藍は少しも嫌な顔をせず笑顔で席を立った。
「ううん！　気にしないで！　ちょっとお手洗いで落としてくる……！」
　たったたっという効果音をつけてしまいたいくらい可愛らしい走り方で、お手洗いのほうに駆けていった藍。
　……さて。
「はじめまして、宗ちゃんさん」
　３人になってしまい、若干の気まずさを感じた。
　何しろ、さっきからこの子たちが見定めるような目を向けてくる。
　にっこりとあきらかな作り笑いを向けられ、俺も同じものを返した。
「カラオケのときぶりですね。覚えてらっしゃらないと思いますけど」
「もちろん覚えてるよ。あの日はごめんね」
「いえいえ、謝罪なんて。いつも藍と仲良くしてくれてありがとうございます」
「こちらこそ」
　なんとなく、よく思われていないのはすぐにわかった。
「……ルリ、どう思う？」
「スペックは特上の特ね。でも……多分性格はひん曲がってる。いかにも腹黒そう」
「まあ笑顔は胡散臭いな」

隠す気がないのか、俺に聞こえる声で話す２人に微笑む。
「いくらでも見定めてくれて構わないよ」
　この子たちが藍のことを心配してくれているのは伝わってくるし……。
　俺の言葉に、少しむっとした表情をした２人。
　何か俺に聞こえない声で談義を行ったあと、結論が出たのか、ふぅ……と息を吐いた。
「……ま、藍があそこまで惚れ込んでるんだから、いいんじゃない？」
「そうだなー。藍に優しけりゃ、他はどうでも」
　まるで、俺が他には優しくないみたいな言い方だ……。
　ま、あながち間違ってもいないけど……。
「うん。藍には優しくしてるつもりだよ」
　本当の意味で優しくしてるのは、藍と家族、親戚くらい。
「先に言っとくけど、泣かしたら殺すからね」
「おう、そうだそうだ、覚えとけ」
　女の子にしては物騒なことを言うなぁと思いながら、笑顔は崩さない。
「友達思いなんだね」
「藍だからここまでするのよ」
「どうやったらあんな真っ直ぐ育つのか不思議なくらい、いい子だもんな。あんたが好きになって当然だろ。藍のこと嫌いなヤツなんか、藍の人気に嫉妬してるヤツくらいだもんな」
　その言葉に、ぴくりと反応した。

「……藍は人気者なの？」
「まあ、いろんな意味でね」
　意味深な返事が返ってきて、一瞬だけ顔から笑みを絶ってしまった。
　なんとなく覚悟してたというか、薄々わかってはいたけど……やっぱり学校でも有名人なんだろうな。
　あんなに可愛いから仕方ないけど……だからといっても嫉妬はしてしまう。
「できれば具体的に教えてほしいな」
　作り直した笑顔でそう言えば、ニヤリと口角を上げた髪の長いほうの友達が答える。
「生徒からも教師からも人気って感じかしら。しかもあの顔だからね。まあ当たり前にモテモテだわよ」
　生徒からも教師からも人気、か……。
「へぇ……」
　俺の知らない藍がいるのも、俺の知らないところで言い寄られているのも、想像するだけでどうしようもない独占欲に駆られる。
「本人はまったく気づいてないでしょうけどね。いろんな男に言い寄られてるわよ。心配？」
「そうだね……」
　心配して当たり前だ。
　でもそれ以上にあるこの気持ちはなんだろう。
　……不安？
　藍が俺以外を好きになったらどうしようっていう、恐怖

にも似た感情。

　藍の気持ちを信じていないわけじゃない。

　きっと、これは俺が藍を好きすぎる故のものだ。

　好きだからこそ、この不安は一生俺の中から消えることはないだろう。

　でもそれ以上に、逃がさないという自信があるから、平気だ。

「ま、校内ではうちらが守ってるから安心しろよ」

「あんたのためじゃないけどね」

　友達2人の言葉が、頼もしく感じた。

　女の子だけど、この子たち強そうだし……きっと藍のこと、ちゃんと守ってくれるだろう。

　高校生活には、俺はどうしても関与できないから、近くに守ってくれる子がいるのは心強い。

「ありがとう。藍に君たちみたいな友達がいてよかったよ」

　俺は財布の中から名刺を2枚出して、2人に渡した。

「もし藍に何かあったら、この番号に連絡してね」

　俺の名刺を見て、目をギョッと見開いている2人の友達。

「椎名グループ……!?　おいおい、うちでも知ってんだけど……」

「まあ、金はあるに越したことはないわ。まさかここまでボンボンだとは思ってなかったけど……」

　……あれ?

　藍、言ってなかったんだ。

　まあ別に、言うことでもないか……。

きっと普通の女の子だったら言い触らすんだろうけど、藍はそこらへんにいる女の子とは違うから。
　俺の肩書きなんて、藍にとってはどうでもいいことなんだろう。
　いつだって、俺自身を見てくれた。
　そんな藍だから、俺も好きになったんだ。
「藍に言い寄る男がいたときも、報告待ってるね」
「うちらが報告したら、その男どうするの？」
　もちろん、決まってる。
「どうにかする」
「……こっわ」
「藍も、とんでもないの好きになったわね」
　笑顔で答えた俺に、２人が顔を青くした。
「お待たせっ……！」
　空気が凍りついたとき、何も知らない藍が笑顔を浮かべて戻ってくる。
「落ちた？」
「うん！」
　くるりと回ってスカートを見せ、「ね？」と微笑む藍。
　その可愛いすぎる一連の動作に、頬が緩んで仕方ない。
「よかったね」
　こくりと嬉しそうに頷いて、俺の隣に座った藍。
「お待たせしました。特製いちごデラックスパフェです！」
　タイミングよく、ちょうどパフェが届いた。
「わぁっ……！　すごい……！」

いちごがふんだんに乗せられたそれを見て、藍は目をキラキラと輝かせている。
「見て！　こんなにいちごがたくさん……！」
「よかったね。全部食べていいよ」
「ほんとに！」
　ああ……ほんと可愛い。
「好きなだけ食べて」
「うん！」
　美味しそうにパフェを食べる藍を見つめるだけで、お腹いっぱいになる。
　やることなすこと全部可愛いから、どれだけ見ていたって飽きないな。
　パフェを食べる藍と、そんな藍をじっと見つめる俺。
　そして、そんな俺たちを交互に見ている友達2人。
「想像以上にバカップルね……」
「バカップルだな……」
　俺にとっては、ただの褒め言葉でしかない。
「君たちも、好きなもの頼んでね」
「やり〜！　コーヒー飲み比べしよ！」
「あたしも、ケーキ食べ比べしようかしら」
　結局、その日は10人分くらいのお会計を払った。

「2人とも、またねっ……！」
　お店を出て、藍の友達と別れる。
「おう！　気をつけて帰れよ〜！　宗ちゃんもご馳走さ

ま！」
「まあ、また奢らせてあげるわ」
　この2人、男並みの食欲だったな……。
「気をつけてね」
　変な男に絡まれても自力でどうにかするだろうけど、一応そう言っておく。
　ようやく2人になって、手を繋いで駐車場までの道を歩いた。
「ふふっ」
「どうしたの？」
　随分上機嫌な藍を、じっと見つめた。
「紹介できてよかったなって」
「ん？」
「2人に宗ちゃん、宗ちゃんに2人のこと……ちゃんと紹介したかったから」
　藍の言葉に、「そうだったんだ」と返した。
　そんなふうに思っていたなんて、知らなかった。
「大好きな友達にね、大好きな人と会ってもらいたかったの。宗ちゃんにもだよっ」
　照れくさそうに笑う藍に、どうしようもなく胸がときめいてしまう。
「そっか」
　なんの穢れも知らないこの笑顔を、一生守ろうと誓って握る手に力を込める。
「2人と仲良くなれた……？」

「うん。藍がいないときにも、たくさん話したよ」
「え！　なんの話したの？」
「藍が学校でどんな感じか聞いた」
「……？　何も変わらないよ？」
「モテモテだって聞いたよ？」

そこまで言ってもわからないのか、藍はきょとんとした顔で俺を見返す。

そして、おかしそうに笑った。

「ふふっ、2人とも冗談が好きなの」

……逆に、どうしてここまで自覚がないのか、不思議なくらい。

だからこそ、ここまで真っ直ぐ育った気もするけど、無防備すぎて気が気じゃない。

「はぁ……心配」

ため息をついた俺に、藍はまだ笑っている。

「心配してくれるのは嬉しいけど、必要ないよ？」
「どうして？」

いったいその自信はどこから来てるんだと、藍のほうを見る。

「もし誰かに好かれても……私が好きなのは宗ちゃんだけだもんっ……」

真っ直ぐに俺を見つめて、満面の笑みを浮かべた藍。

その笑顔に見惚(みと)れて、言葉が出なかった。

「……ありがとう」

やっと喉の奥から出てきたのは、そんなありきたりな言

葉だけ。
　でも、本当に心の底から思う。
　俺を好きでいてくれて、ありがとう。
「俺も、藍だけだよ」
　そう告げると、藍は「えっ……」と声を零した。
　どんな反応が返ってくるんだろうかと楽しみに待っていると、藍が繋いだ手を離し、俺の腕にぎゅっと抱きついてくる。
「えへへっ……」
　嬉しそうにしがみついてくる藍に、心臓が射抜かれるような衝撃が全身を駆け巡った。
　いつだって、俺の予想外の行動をしてくる。
　それがどれだけ俺を……翻弄しているかも知らずに。
「ほんと……藍はどこまでも可愛いね」
　天使みたいな顔をした小悪魔な恋人に、俺はもう救いようがないほどベタ惚れだ。

06＊君を愛してる。

「ドキドキなんて、ずっとしてるよ」

　宗ちゃんと付き合い始めて、もうすぐ３ヶ月が経つ。
　３ヶ月ってあっという間だなぁ……と、月日の流れの速さを感じた。
「なぁ、あのさ」
　いつものように、３人でお昼ごはんを食べていたとき。
　話し始めた理香ちゃんの声に、耳を傾ける。
「付き合うことになった」
　……え？
　突然の告白に、私は口をぽかんと開けた。
　付き合うことになったって……か、彼氏ができたってこと……!?
「誰とよ？」
　ルリちゃんの質問に、私も頷く。
　だって、理香ちゃんの彼氏って、どんな人かすごく気になる……！
　じっと返事を待つ私とルリちゃんを見て、食べているものをごくりと呑み込んで口を開いた理香ちゃん。
「この前の喫茶店にいた、藍の彼氏の友達」
　さらりとそう言う理香ちゃんに、目を見開いた。
　えっ……そ、そうだったんだ……！
　あんまり顔は覚えていないけど、男の人にしては可愛らしい、背も低めな人だった気がする。

「お、おめでとう……！」
　驚きながらも、祝福の言葉を贈った。
　純粋に、とても嬉しい。
　理香ちゃんのことが大好きだから、そんな理香ちゃんに大好きな人ができたなんて、嬉しいに決まってる。
「確かにあの男、なんか頼りなさそうだったものね～」
　ルリちゃんは、思い出すような仕草をしながらそう口にした。
　そういえば、前に恋バナをしたとき、『ドジそうな人がタイプ』って言ってた気がする。
「まあな。そこが可愛いんだよ」
　フフンッと笑いながら、ドヤ顔をする理香ちゃん。
　えへへ、惚気だっ。
「ま、とりあえずおめでとう。長続きするといいわね」
　ルリちゃんも、なんだかんだ言いつつとっても嬉しそう。
　何はともあれ、これで私の夢が叶う……！
「ふふっ、トリプルデートできるね！」
「そうだな、今度するか！」
　理香ちゃんの返事に、私は目を輝かせた。
「そういえば、藍は宗ちゃんと順調なの？」
　ルリちゃんの質問に、笑顔で答える。
「うん！　明日も宗ちゃんのアパートに行くの」
「お泊まり？　やるなぁ～」
　ニヤニヤと意味深な笑みを浮かべる理香ちゃんに、首を傾げた。

「お泊まりじゃないよ？　門限があるから……」
　どうして家に行くからって、お泊まりすることが前提なんだろう……？
「「は？」」
　ルリちゃんと理香ちゃんが、声をそろえた。
「門限って何よ？　ていうか、もしかして今までも泊まったことないの？」
　まさか……とでも言いたそうな表情で聞いてくるルリちゃんに、こくりと頷いた。
「うん、ないよ？」
　宗ちゃんのアパートに行っても、いつも5時には出るようにしている。
　門限が6時だから、間に合うように帰らないといけない。
　私の返事を聞いたルリちゃんと理香ちゃんが、信じられないと言わんばかりの形相になった。
「なんのための1人暮らしなのよ！」
「な、なんのって……人生経験って言ってたよ？」
　普通に答えたのに、ルリちゃんは、「そういうことじゃないわよ!!」と叫んでいる。
　ふ、2人ともどうしちゃったの……？
　心を静めようとしているのか、深呼吸をしているルリちゃん。
　ふぅ……と息を吐いて再び私のほうを見た。
「……一応聞くけど、宗ちゃんとはどこまでいったの？」
　どこまで……？

もしかして、この前のデートのことかな？
「名古屋(なごや)まで行ったよ！　ふふっ、楽しかったなぁ」
「違うわよ!!」
　またしても大声をあげたルリちゃんに、肩がびくりと跳ね上がった。
　こ、今度はなんだろうっ……。
「まだヤッてないのかってこと!!」
　ルリちゃんの声が、教室中に響いた。
　途端、室内がシーン……と静まり返る。
　……ん？
　みんななぜか、驚いたように目を見開いたり、顔を真っ赤にしながらこっちを見ている。
「……やる？　何を？」
　質問の意味がまったくわからず聞き返した。
　ルリちゃんが私のほうを見ながら、驚愕したようにあんぐりと口を開けている。
「ルリ、これはヤバい」
「ここまでの真っさらさんだとは思わなかったわッ……！　可愛いけどッ」
　２人とも、さっきから何言ってるの……？
　わかるように説明してほしいっ……。
　目でそう訴えると、ルリちゃんはスッと真顔になって、じっと私を見つめてきた。
「キスはしたの？」
「えっ……う、うん……」

質問内容に驚きながらも、こっそりと頷く。
「じゃあその先は？」
　先……？
「……キスの先って？」
　何を指しているのかわからず、首を傾げた。
「「……」」
　ルリちゃん、理香ちゃん……？
　どうして２人そろって固まってるの……？
　私、変なこと言った？
「……あれ？　なんか教室静かじゃない？」
　２人の顔の前で、「お～い」と手を振っていたとき、どこかに行っていたらしい颯くんが教室に入ってきた。
　教室を見渡しながら、不思議そうに私たちのもとへ歩み寄ってくる颯くん。
　あ、颯くんに聞いてみよう！
「颯くん、キスの先って知ってる？」
「っ、え？」
　私の質問に、颯くんは顔を赤く染めた。
　そして、勢いよく振り返ってルリちゃんと理香ちゃんのほうを見た颯くん。
「ちょっ……どういう状況……!?」
「あたしたちにも、もうわからない……」
「こんな純情な高１いるか？」
　どうやら恒例の３人こそこそ話が始まったらしく、私は頬を膨らませる。

もうっ、みんな私の質問に答えてくれないっ……。
「藍、恋愛ドラマとかであるやつよ」
　恋愛ドラマ？
「私の家、恋愛もの観るの禁止なの……お父さんがダメだって……」
　そう答えると、ルリちゃんと理香ちゃんは片手で額を押さえた。
「……藍がピュアピュアな理由がわかったわ」
「これは宗ちゃん大変だな……」
「……よし。藍、今日の放課後空けときなさい」
　ルリちゃんが、ポンッと私の肩を叩き、熱意のある瞳を向けてきた。
「か、神崎！　何教える気……!?」
　颯くんが、血相を変えてルリちゃんにそう叫んだ。
　早まるなと言わんばかりの勢いに、ルリちゃんも負けじと声を張る。
「大事なことでしょ！　恋人同士には！」
「ダ、ダメだって……！　藍ちゃんを汚すな!!」
「あんたは藍に夢見すぎなのよ、まったく!!　伝える勇気もないくせに!!」
「っ！　や、やめろって……！」
　よくわからないけど……放課後になったら教えてくれるのかな？
　私は卵焼きを食べながら、言い争っている２人の口論の行方を見守ることにした。

その日の夜。
「はぁ……」
　私は眠る支度をして、ベッドにダイブした。
　今日の放課後、ルリちゃんについていって、一緒に映画を見た。
　人生で初めての恋愛映画。
　高校生同士の物語で、なかなか素直になれない２人が、恋人になるまでの話だった。
　とても素敵な映画だったけど……問題は、終盤のあのシーンだ。
　何をしているかはわからなかったけど、想いの通じ合ったヒロインとヒーローが、ベッドの上で服を脱ぎ、なんだかすごいことをしていた。
　触れ合ったり、長いキスをしたり……初めて見る光景に、思わず目を塞いだくらい。
　映画鑑賞後、カラオケに行って、ルリちゃんが説明してくれた。
　あれは、恋人が必ずすることだと。
「恋人同士って……みんなあんなこと、してるんだっ……」
　男の人は、好きな人を見たら、その……欲情する、ものらしい……。
「宗ちゃんも……ああいうこと、したいのかな……？」
　あのすごい光景を思い出して、顔が熱くなった。
　恥ずかしすぎて、私にはあんなことできないって思ったけど……。

『みんな普通にしてることよ？　それに、あんまり我慢させすぎるのもダメなんだからね』

ルリちゃんの言葉を思い出して、毛布に包まりながら「うー……」と唸る。

恥ずかしい、けど……宗ちゃんとなら……。

そう思ったとき、ベッドの上に置いたスマホが震えて着信を伝えた。

手を伸ばして画面を確認すると、そこには【宗ちゃん】の文字。

「もしもしっ……！」

『もしかして寝てた？』

急いで電話に出ると、宗ちゃんの優しい声が返ってきた。

「ううん、まだ寝てないよ」

『よかった。明日のこと決めておこうと思って』

「うん！」

『やっぱり、迎えに行くよ』

またそんなこと言ってっ……。

宗ちゃんの家に行くときは、電車で行くって何度も言ってるのに。

「大丈夫だよ……！　それに、二度手間になっちゃう！ガソリンももったいないもん」

『でも、藍が1人でこっちまで来るの、心配だよ』

私が何度説得しても、迎えに行くと言いはってきかない宗ちゃん。

「ふふっ、毎日電車で通学してるんだから、大丈夫だよ。

宗ちゃんは心配性だね」
　私、降りる駅間違ったりしないよ……！
『こんな可愛い彼女がいたら、誰だって心配性になるよ』
「……っ」
　不意打ちの言葉に、顔が赤くなった。
　も、もう、宗ちゃんってば……。
「とにかく、明日は平気！　宗ちゃんはお家で待ってて！」
　強めにそう言うと、宗ちゃんの『んー』と悩む声が聞こえた。
『……わかった。そのかわり、家を出るときと、駅に着いたときに確認の連絡ちょうだい』
　わかってくれたことにひと安心して、「はーい」と返事をする。
『それじゃあ、おやすみ。また明日』
「そ、宗ちゃんっ……」
　電話を切ろうとした宗ちゃんを、引き止めた。
　どうしても、聞きたいことがあったから。
『ん？』
「宗ちゃんは……私といて、ドキドキする？」
　今日の映画で、言ってた。
　好きな人といたら、ドキドキするって。
　男の人は……好きな人には、触れたくなるものなんだ、って……。
　宗ちゃんも、そんなふうに思う？
　私に……触りたいって、思ってくれてる……？

『どうしたの急に？　ドキドキなんて、ずっとしてるよ』
　何事もないようにさらりと告げられた言葉に、ちょっとだけ不安になった。
　宗ちゃんは、私と違っていつだって"余裕"だから。
　手を繋ぐのだって、抱きしめるのだって……いつもスマートに仕掛けてくる。
　私はそんな宗ちゃんに、ドキドキさせられっぱなしだ。
「ほんとに……？」
『ほんとだよ』
　あっさりとした返事に、やっぱり不安が晴れることはなかった。
「そ、そっか……」
『何かあった？』
「う、ううん！　何もない……！　おやすみなさい！」
　一方的に話を終わらせて、電話を切る。
　宗ちゃんは……本当に、どう思ってるんだろう……。
　今日の映画の女優さんは、とっても綺麗な人だった。
　なんていうか、すごく魅力的で、色っぽいっていうのかな……？
　私にはない魅力に、本当はこういう人が、宗ちゃんに相応しいんじゃないかなんて思ってしまったんだ。
　私はまだまだ子供で、魅力も何もなくて……。
　宗ちゃんは、こんな私で満足してるのかな……？
　ほんとのほんとに、ドキドキしてくれてる……？
「……よしっ……」

わからないなら、確かめようっ……。
私は1人意気込んで、明日に備えて作戦を立てた。
名づけて、"宗ちゃん誘惑大作戦"を──！

「甘やかしてあげる」

　——ピンポーン。
　インターホンを押すと、すぐに宗ちゃんが玄関のドアを開けてくれた。
「どうぞ、入って」
「うん！」
　1週間ぶりに会う宗ちゃんの姿に、嬉しくて口元がだらしなく緩む。
「お邪魔しますっ……」と言ってから、家に上がらせてもらった。
「買い物してきたの？」
「うんっ、お昼ごはん作ろうと思って」
　私の言葉に、宗ちゃんはパアッと表情を明るくした。
「ほんとに？　すごく楽しみ」
　滅多に見られない宗ちゃんの無邪気な表情に胸がキュンッと高鳴る。
　よしっ、頑張って作ろう……！
　宗ちゃんに、美味しいって言ってもらえるように……！
　さっそくキッチンに移動して、食材を並べる。
　じつはこの日のために、料理の特訓をしていた。
　先生は、宗ちゃんママ。
　宗ちゃんが昔から好きだっていうメニューと、作り方を教わってきたんだ。

宗ちゃんママに習った手順どおりに、調理していく。

　鍋(なべ)の中のでき上がった料理を少しすくって、味見をする。
　……うん、ちゃんと教わったとおりの味だ……！
「宗ちゃん、ごはんできたよっ！」
　私は作りたてのビーフシチューをお皿によそって、テーブルに置いた。
　他にも、サラダとバターライスを並べ、支度をすませる。
「これ、藍が全部作ったの？」
　テーブルに並べた料理を見ながら、宗ちゃんが目を見開いた。
「うんっ……！」
　そういえば、宗ちゃんに手料理を振る舞うのは初めてかもしれないっ……。
「すごく美味しそう。いただきます」
　椅子(いす)に座り、手を合わせた宗ちゃん。
　私はただじっと、食い入るように宗ちゃんを見つめて、反応を待った。
　ぱくりと、宗ちゃんの口に運ばれたビーフシチュー。
　異常なほどの緊張感だった。
「……うん、美味しい。すっごく美味しい」
　はぁ……よかったっ……。
　宗ちゃんの感想に、全身の力が抜けるほど安堵(あんど)した。
「藍がここまで作れると思わなかった。驚いたよ」
　嬉しそうに微笑んでいる宗ちゃんに、口元が緩む。

練習した甲斐があったっ……。
「それに……これ、母さんの味と似てる」
「ふふっ、じつは宗ちゃんママに教えてもらったの」
「そうなの？　知らなかったな」
　２人で他愛もない会話をしながら、昼食を食べ進めた。

　綺麗に平らげられたお皿を見て、嬉しくなる。
　食器を洗おうと、台所に運んだ。
「俺が持っていくよ」
「あ……ありがとう！」
　食べたお皿を運んでくれる宗ちゃんに、なんだか新婚みたいっ……と密かにそんなことを思った。
「お皿も洗うから」
「ううん。私がする！　宗ちゃん家事苦手でしょ？」
「……どうして知ってるの？」
「ふふっ、宗ちゃんママが言ってた」
　宗ちゃんが、恥ずかしそうに頭をかいた。
　綺麗好きで片づけるのは好きみたいだけど、洗い物とか、洗濯は苦手らしい。
「宗ちゃんが苦手なことは、私がするっ」
　宗ちゃんはいつも、私にいろんなことをしてくれるから。
　お互いにできないところを補うように、一緒に生きていきたい。
　性格が正反対のお父さんとお母さんを見てきたから、なおさらそう思う。

「ありがとう」
　笑顔を浮かべた宗ちゃんに、私も同じものを返した。

「よし、終わった！」
　食器を洗い終わり、手を洗ってタオルで拭く。
　キッチンに来た宗ちゃんが、背後からぎゅっと抱きしめてきた。
「藍はいいお嫁さんになるね」
　突然の言葉に、驚いて「え？」と声が漏れた。
「……もちろん、俺のだけど」
　それは……お嫁さんに、してくれるってこと……？
　まだ気が早いと言われるかもしれないけど、宗ちゃんの中に私と"結婚する"という可能性があるってだけで嬉しかった。
　宗ちゃんの腕の中で、小さく深呼吸する。
　……よし。
　昨日考えた作戦を、決行しよう……！
　夜遅くまで、【男の人を誘惑する方法】というサイトを見て勉強した。
　これで、宗ちゃんをドキドキさせてみせるんだっ……！
　後ろから抱きしめられている状態から、身体をくるりと180度回転させる。
　向き合う体勢になって、私は正面から宗ちゃんに抱きついた。
　いつもよりも、密着するように、ぎゅっとしがみつく。

宗ちゃんの身体が、びくりと震えたのがわかった。
「……あ、い？」
　作戦その１。ぴったりとくっつく。
「どうしたの、急に？　……甘えてるの？」
　んー……いつもどおりだ……。
　まだきいてないのか、余裕な態度の宗ちゃん。
　このくらいじゃドキドキしてくれないか……よし！
　私は抱きしめる力を緩めて、顔を上げる。
「うん……甘えてるの……」
　私はそう言いながら、控えめに見上げるように、宗ちゃんの顔をじっと見つめた。
　作戦その２。上目遣い。
　これはかなり効果があると書いてあった。
　男の人は絶対にドキドキするって……。
「……っ」
　効果があったのか、一瞬だけ宗ちゃんのポーカーフェイスが崩れた気がした。
　でも、本当に一瞬だけで、次の瞬間には余裕の笑みが戻っていた。
　気のせいだったのかも……これでも、ドキドキしてもらえないかぁ……。
　男の人は上目遣い大好きって書いてあったのに……。
　も、もしかしたら、私の上目遣いは気持ち悪かったのかもしれないっ……。
　宗ちゃんは、まるでペットを可愛がるように、私の頭を

撫でてくる。
「よしよし、甘やかしてあげる。ソファ行こっか？」
　うっ……まだまだっ……！
　私も意地になるもんっ……！
　両手を広げて、甘えるように宗ちゃんを見つめる。
「宗ちゃん、抱っこして……」
　作戦その３。可愛く甘える。
　ちょっとわがままなことを言うのがベストだと書いてあった。
　困らせようと思ったのに、宗ちゃんは笑顔のまま、そっと私を抱き上げる。
「はいはい、お姫さま」
　わっ……！
　いわゆるお姫さま抱っこの状態に、私のほうがドキドキしてしまう。
　ううっ……私が宗ちゃんのことをドキドキさせたいのになっ……。
「……着きましたよ」
　テレビの前のソファについて、宗ちゃんは腕の中から私を下ろそうとしゃがんだ。
　ソファにお尻が落ちて、宗ちゃんはそのまま私から手を離そうとする。
　私は宗ちゃんの首に手を回して、離れられないように密着した。
「……藍、手を放して」

……あれ？
　宗ちゃんの声色が、少し変わった気がする。
「このままじゃダメ……？」
　今だと思い、私は作戦２の上目遣いと３の甘えるを同時攻撃した。
「うん、隣に座ろうよ。藍が見たがってたDVD買ってきたからさ」
　……全然きいてない……。
「うん……」
　うぅっ……こうなったら、作戦その４だっ。とにかく密着っ……。
　スキンシップがドキドキに繋がるって書いてあったもんっ……！
　DVDをセットし、隣に座った宗ちゃんの腕に抱きつく。
「……藍、ちょっと近くない？　暑いでしょ？」
「ううん、暑くない」
　首を横に振って、甘えるように頬をすり寄せた。
「……っ、こーら、ちゃんと映画観なさい」
「私とくっつくの、やだ？」
　宗ちゃん……どうしてドキドキしてくれないの……？
　やっぱり、私に魅力が足りないから……？
「……嫌じゃないよ。……映画面白くない？　観るのやめる？」
　優しく聞いてくる宗ちゃんに、首を横に振る。
「やめない……」

ぎゅうっと、さらに密着するようにしがみついた。
　　すると、宗ちゃんが突然、私の腕をそっと払って立ち上がる。
　　……え？
「……藍、俺飲み物入れてくるよ。何飲みたい？」
　　笑顔で聞いてくれるけど、私は拒絶されたみたいで、ひどくショックだった。
　　どうしよう……泣いちゃいそう……っ。
「わ、私が入れてくるっ……！」
「え？」
「宗ちゃんはコーヒーだよね？　待ってて……！」
　　そう言って、キッチンへと向かう。
　　じわりと滲んだ涙を、こっそりと拭いた。
　　誘惑作戦は全部試したのに、ドキドキしてもらうどころか、嫌がられちゃった……。
　　嫌がられたという表現はおかしいかもしれないけど、腕を払われたってことは、拒否されたってことだよね……。
　　肩を落としながら、コーヒーの粉を探す。
　　あれ……？　どこだろう？　……あっ。
　　上の棚に、袋を見つけて手を伸ばした。
　　うっ……届かないっ……。
　　うんっと背伸びをすると、なんとかギリギリ届いて、袋をつかもうとした。
　　けれど、私が持ったところが悪かったみたいで、袋の切り口を止めていたストッパーが外れる。

そのまま手を滑らせてしまい、粉末のコーヒーが勢いよく零れてしまった。
「きゃっ……！」
　頭の上に降りかかり、その場がコーヒーまみれになる。
「藍！！」
　私の悲鳴を聞いて飛んできてくれたのか、宗ちゃんが焦った表情で私を見る。
「大丈夫？　ケガしてない？　どこか打った……？」
　……あーあ……。
「へ、平気だよっ……でも、あの、ごめんなさい……」
　私……何してるんだろう……。
　宗ちゃんに美味しいコーヒーを淹れて、少しでも喜んでもらおうと思ったのに……。
「気にしないで。それより……ふふっ、頭からコーヒー被っちゃったね。シャワー浴びておいで」
　笑顔で、私の頭のコーヒー粉を払う宗ちゃん。
　情けなくって、宗ちゃんと目が合わせられない。
「うんっ……」
「着替え用意しておくから」
「うん……」
　私は俯いたまま頷き、逃げるように浴室へと向かった。
　ダメな彼女だなぁ……。
　大した魅力もなくて、とくに秀でたものもなくて、コーヒーもまともに淹れられない……こんな彼女じゃ、いつか宗ちゃんに飽きられちゃうかも……。

ドキドキすらしてもらえないなんて……やっぱり宗ちゃんにとって私は、まだまだ子供なのかな……？
　1人きりの浴室で、ポタポタと涙が零れ落ちる。
　今の私たちは、はたして本当に恋人と呼べるのか、急激に自信がなくなってしまった。

「俺がどれだけ我慢してると思ってるの？」＊side宗壱

　藍が浴室に行ったのを確認して、ふぅ……と息を吐いた。
　何かおかしい。
　今日の藍は、様子が変だ。
　ていうか……危なかった……。
　さっきから、藍がやけに甘えてくる。
　もちろん、甘えてくれることは嬉しいし、なんならもっと甘えてほしいくらい。
　でも……甘え方が可愛すぎて、いちいちそれが俺を刺激してくる。
　理性を保つのに必死で、頭を抱えた。
　ずっとしがみついてくるし、抱っことか、上目遣いでお願いとか……ほんとに、もっと自分の可愛さを自覚してほしい。
　こんなの……生殺しだ。
　藍は俺が、欲のない紳士な男とでも思っているのかもしれない。
　我慢しているだけで、俺だって普通の男だ。
　好きな子を前にしたら、こんなにも余裕を失ってしまう、ただの男。
　藍がお風呂に入ってる間、俺も頭を冷やそう。
　うっかり押し倒しでもしたら、シャレにならない。
　藍のお父さんと約束した「結婚するまで手を出さない」

は、守るつもりだから。

　少しして、浴室のほうで扉が開く音がした。
　藍が出てきたんだろう。
　ふぅ……と息を吐いて、平静を装う。
「宗ちゃん……」
　リビングに藍の声が響いて、ソファから立ち上がった。
　迎え入れようと、藍のほうに振り返る。
「おかえり……って、は？」
　戻ってきた藍の姿を見て、思わずそんな声が漏れた。
「藍、ズボンは？」
　必死に平静を装って、そう聞く。
　藍の今の姿は、俺のシャツ１枚。
　サイズが大きいからワンピースのようになっているけど、太ももがちらついて、目に毒すぎる。
「ズボン、ぶかぶかで……」
「だからって、そんな格好でいたら風邪ひくでしょ？」
　俺は極力肌を見ないように藍に近づき、回れ右をさせる。
「平気だもん……」
「平気じゃない。ほら、ちゃんとはいておいで」
　もう一度洗面室に戻るように背中を押すと、藍がピタリと動かなくなった。
　……ん？
「……宗ちゃんは、何も思わない……？」
「え？」

藍は、華奢な背中をプルプルと震わせながら、俺のほうへと振り返った。
　そして、目に涙をためながら、悲しそうに見つめてくる。
　藍？
　どうして泣いてるの……？
「私がこんな格好してても……ドキドキしないっ……？」
　藍の言葉に、なんとなく何を考えているのかが伝わってきた。
　もしかして……さっきまでのも、わざとだったの？
　また……余計な心配してたのかな。
「……藍」
　これでもかってくらい甘い声で、名前を呼んだ。
　そっと髪に触れて、頭を撫でる。
「どうしたの？　何が不安？」
　顔を覗き込みながら優しくそう聞けば、藍はさらに悲しみが増したように口角を下げる。
　それがかわいそうで、見てられない。
「藍、言って？」
　今すぐに不安を解消してあげたくて、こんな顔をさせているのが自分だという事実に申し訳なくなる。
　こんな顔、させたくないのに……。
　頭を撫でながら、「ね？」と藍に話し出すよう促す。
　すると、ゆっくり口を開いた藍。
「恋人同士は、触れ合うって聞いたけど……宗ちゃんは、全然私に触ってこないからっ……」

……なるほどね。
　だから、あんな誘惑するようなこと……。
「どこでそんなこと聞いたの？」
　おそらく、またあの友達２人が変な入れ知恵をしてきたのだろう。
　藍は俺の質問には答えず、眉の端を下げながら見つめてくる。
「やっぱり……私には、そういう魅力はないっ……？」
　大きな勘違いをしている恋人を、優しく抱きしめた。
「バカだね、藍は」
　どうすれば、自分に魅力がないなんて勘違いできるんだろう？　不思議で仕方ないくらい。
　藍には魅力しかないのに。
　……って、俺のせいだった。
　まさか藍のためにしてる我慢が、藍を悲しませていたなんて思わなかった。
　抱きしめたまま、耳元で囁く。
「俺がどれだけ我慢してると思ってるの？」
「我慢……？」
「うん。藍が可愛いことばっかりするから、毎回必死に我慢してる」
　正直に話すと、藍は目をまんまるに見開いてこちらを見つめてきた。
「じゃあ……宗ちゃんも私に、触りたいっ……？」
　期待に満ちた瞳に、うっ……と返事に詰まる。

「……うん。触りたいよ」
　結局、出たのは素直な気持ち。
　当たり前だ。
　できることなら四六時中触れていたいと思う。
　男なんだから、好きな子に触れたいと思うのは当然。
　でも……。
「大切だから我慢してるんだよ。大切だからこそ、我慢できるんだ」
　俺の言葉に、藍が眉をひそめた。
「……ちょっと難しい……」
　どうやら、意味が伝わらなかったらしい。
　伝わるまで、何度だって伝えてあげる。
「誰に何を聞いたのか知らないけど、触れ合う方法なんていくらでもある。こうして抱きしめてるだけでも、充分藍を感じられるよ」
　好きだから、大事にしたい。
「それに、お父さんとも約束したでしょ？」
「え？　なんて……？」
「結婚するまで変なことはしないって」
「変なことって、そういうことだったの……？」
　ようやく理解したのか、藍は難題が解けたような表情を浮かべた。
　その顔に、ふふっと笑みが零れる。
「……ほら」
　藍の頭をそっと、俺の胸に押しつけた。

言葉で伝えるより、きっとこっちのほうが伝わるだろう。
「俺の心臓の音、聴こえる？」
「う、うんっ……」
「ドキドキ言ってるでしょ？」
　俺の鼓動の速さに、藍も驚いている。
「藍といるときは、いっつもこう。魅力がないなんてそんなわけないよ。むしろ……可愛すぎて困ってるのに」
　藍は天然で小悪魔なのに、そこに計算が入ったらどうなるんだろう。
　先が恐ろしいと思うほど、毎回誘惑されっぱなしだ。
「……宗ちゃんっ……」
　俺の気持ちがちゃんと伝わったのか、藍は嬉しそうに抱きついてきた。
「不安は解消された？」
「うん！」
　よかった……。
　胸の中で笑っている藍を見て、やっぱり藍は笑顔が一番似合うと改めて思う。
　さ、誤解が解けたなら、早くズボンをはいてきてもらいたい。
　本当に、目に毒だから……。
　俺がそんなことを思っているなんて、知る由もないだろう藍。
　あろうことか、爆弾を落としてきた。
「でも……私は宗ちゃんのだから、触りたいときに、触っ

てもいいんだよ……？」
　計算か無意識かわからない上目遣いに、くらりと目眩がする。
　……可愛い。
　でも、ダメなものはダメだ……。
「これはけじめでもあるから。そういうのは、結婚するまでおあずけ」
　交際することを許してもらった以上、お父さんとの約束は破れない。
　それに、藍はまだ16才だし、責任を取れないうちはしないと決めていた。
　本当に、今はこうして一緒にいられるだけで、俺は充分だから。
　藍と付き合い始めてから、心身ともに満たされている。
　これ以上、望むものなんて──。
「じゃあ、大人のちゅーは……？」
　藍の言葉に、驚きのあまり身体が硬直した。
　大人のちゅーって……もう、この子は……。
「……ほんとに、どこでそんなこと覚えてきたの……」
　ため息を吐き出し、額を押さえる。
　俺の気も知らず、藍は相変わらず可愛い顔で見つめてくる始末。
「宗ちゃんに、あんまり我慢しないでほしい……ちゅーならいいでしょう？」
　……っ。

こてんと首を傾げる藍に、あっけなく崩れていく理性。
「私は、宗ちゃんになら何されても嬉しいから……」
　あー……もう……。
「……こら。それ以上煽ったら、止まらなくなりそうだからやめて。もうほんとに、結構限界だから」
　キスだけで止められる自信がないから言ってるのに、どうしてこうトドメを刺すようなことばかり言うんだろう藍は……。
　俺がどんなことを考えているか、知らないからそんなことを言えるんだ。
「宗ちゃんの好きにしていいよ？」
　挙げ句の果てには殺し文句を言ってきた藍に、これ以上の我慢は無理だった。
「……俺の好きにされたら、藍すごいことになっちゃうと思うけど」
　藍を抱き上げて、ソファに寝かせる。
　怖がるかと思ったのに、藍は怖がるどころか嬉しそうに俺を見つめてきた。
「うん、して……？」
　この、天然小悪魔……。
「止めてって言っても止めないから」
　キスだけだと自分に言い聞かせて、唇を重ねる。
　なんて理性のきかない男だと思ったけど、煽ったのは藍だから。
　ちゃんと責任取って、受け止めてもらわないと。

「ん、んっ……そう、ちゃ……」
「……ん?」
「息、んっ……」
「……息、できない?　……頑張って……」
「……む、無理、っ……」
　俺は藍が意識を手放す寸前まで、大人のちゅーというものを教えてあげた。

「愛してるよ……藍」

　大人のちゅー……。す、すごかった……。
　ソファの上で、毛布に包まりながらさっきのキスを思い出す。
　まだ、頭がぼうっとする。
　あんな、は、激しいキスがあるなんてっ……。
　それに、宗ちゃんがすっごく色っぽくて……男らしかったっ……。
　いつもお上品で紳士な宗ちゃんの"男"の顔は、いつもと違ったかっこよさだった。
　惚れ直すというのは、きっとこういうことを言うんだろうと思う。
「あーい」
　隣に座る宗ちゃんが、甘い声で私の名前を呼ぶ。
「……っ」
「顔真っ赤だけど、どうしたの？　さっきのキスでも思い出した？」
　図星を突かれ、顔にぼぼっと熱が集まる。
「もうっ、宗ちゃんの意地悪っ……」
　ぽこぽこと宗ちゃんの胸を叩くと、笑い声が降ってきた。
「ふふっ、可愛い……」
　うー……やっぱり、宗ちゃんは余裕だ……。
　でも……さっきの心臓の音を聞いて、宗ちゃんもちゃん

とドキドキしてくれてるってわかったから……。
「ごめんね。もう当分しないから」
　さっきのキスのことを言っているのかな……?
　宗ちゃんの言葉に、首を左右に振る。
「気持ちよかったから……いつでもしていいよ……?」
　苦しかったけど、なんだかとっても愛されてるんだって伝わってきたから……。
「……っ、やめなさい」
　宗ちゃんの顔が、心なしかほんのりと赤くなったように見える。
「ほんと、俺を煽る天才だね」
「褒められてる……?」
「うん、褒めてるよ」
「ふふっ、やったぁっ……」
　喜ぶ私を、宗ちゃんは優しい笑みを浮かべながら撫でてくれた。
　心も身体も、とっても満たされた気分だった。
　宗ちゃんとの関係も一層深まった気がして、幸せな気持ちに包まれる。
「このまま、帰りたくないなぁ……」
　つい零れた本音に、宗ちゃんがふっと笑う。
「そうだね。俺も帰したくないよ」
　え……?
　宗ちゃんの言葉に、嬉しくなった。
　寂しいと思ってたの、私だけじゃなかったんだ……ふ

ふっ。
「お泊まりしたい」
　欲が出て、そんなわがままを口にする。
　宗ちゃんは困ったように眉の端を下げて、口を開いた。
「ダーメ」
　う……やっぱり……。
「うん……門限破っちゃダメだもんね……」
　私も、お父さんとの約束は破りたくはないから、複雑な気持ちだった。
　宗ちゃんとお泊まりしたりできるのは、もっともっと先になりそう。
「今日はもう帰らなきゃいけないけど……」
　そう言って、突然立ち上がった宗ちゃん。
「……？」
　自室に行って、戻ってきた宗ちゃんは、私の手に何かを渡してきた。
「あげる」
　あげる……？
　そっと手を開いて、もらったものを確認すると……。
「……これ……」
　そこにあったのは、いちごのキーホルダーがついた鍵だった。
　もしかして……このお家の？
「藍が来たいときに、いつでもおいで」
　そう言って、微笑む宗ちゃんに、私は嬉しくって飛びつ

いた。
「うんっ……！」
　合鍵……私のために、作ってくれたのかな……？
　宗ちゃんがくれた鍵を眺めて、頬が緩む。
「嬉しいっ……ありがとう……！」
　鍵もそうだけど、この鍵をくれた宗ちゃんの気持ちが嬉しい。
　宗ちゃんのお嫁さんに一歩近づけたような気になって、たまらなく幸せだった。
「えへへっ……宗ちゃん大好きっ……」
　これからも……ずっとずっと、宗ちゃんだけが大好き。
　長い片想いの間には想像もしていなかった今の幸せを噛みしめる。
　これからもこんな幸せが続きますようにと、こっそり神様に願った。
「……俺も」
　宗ちゃんが、私の頬に手を重ねる。
「愛してるよ……藍」
　私たちはどちらからともなく、唇を重ねた。

番外編

似たもの親子

　初めての事態が起きている。
　今、俺のいる場所は実家のマンション。
　そして、この場にいる人物は3人。
　俺、父さん、そして——藍のお父さん。

　この3人だけで同じ空間にいるという状況は、生まれて初めてのことだった。
　父さんと藍のお父さんはソファに座りながら、静かにコーヒーを飲んでいる。
　俺は、その前で正座をしながらカーペットの上に座っている状態。
　本当なら、今頃俺の部屋で藍と勉強会をしているはずだった。
　なぜこんなことになったかと言うと、事の発端は30分前に遡る。

　——ピンポーン。
　家のインターホンが鳴って、藍が来たのだろうと玄関へ向かう。
　扉を開け、笑顔で出迎えた。
「いらっしゃい……って、え？」
　藍がいると思ったドアの向こうにいたのは……。

「おお、随分偉そうな出迎えだな」
　眉間にしわを寄せ、俺を睨みつける藍のお父さんだった。
「す、すみません……！　お父さんだとは知らずに……」
「お父さんって呼ぶな‼」
　素早く突っ込んだお父さんは、そう言って俺を押し退け家に入る。
　ど、どういうことになってるんだろう……？
　お父さんを追いかけるように、リビングへ戻る。
「おい、休日に呼び出すな」
　リビングに入るなり、父さんに文句を言い放った藍のお父さん。
　ソファに座っている父さんは、読んでいた小説を笑顔で閉じた。
「いらっしゃい。待ってたよ」
　どうやら、父さんが呼び出したらしい。
　藍の父さんは、「なんの話だ？」と言いながら、ドカッとソファに座る。
「今度のリゾート地の開発企画なんだけど……」
　ああ、仕事の話か……。
　それにしても、今家に藍のお父さんがいるのは、ちょっと……。
　藍が来たときに、何か言われそうだな……。
　多分、俺と勉強会をしているのは知っているはず。
　でも、いつもは土日も休みなく働いているから家にいないし、こうして我が家にやってきたのを見たのも数年ぶり

だろう。
　藍と2人きりでいられる貴重な時間だから、楽しみにしていたけど……今日は2人にはなれないかもしれないな。
　そう諦めたとき、部屋から母さんが出てきた。
「あら、藍ちゃんパパ、おはようございます！」
　藍のお父さんを見て、微笑む母さん。
「お邪魔してます」
　藍のお父さんも、母さんに対しては温厚なようで、にっこりと、俺には一生向けられないだろう優しい笑顔を浮かべていた。
「せっかく来てくれたのにごめんなさい。今日は私、今から藍ちゃんママと出かけるので、なんのおもてなしもできなくて……」
　……え？
　母さん、藍のお母さんと出かけるの……？
「乃々花はおもてなしなんてしなくていいから。ていうか、煌貴(こうき)と話さなくて大丈夫だから」
　父さんが、少し不機嫌そうな表情をしながら母さんに近づいた。
　……いつもこうだ。
　父さんは母さんが好きすぎるのか、ありとあらゆるものに嫉妬している。
　藍のお父さんにまで嫉妬するのはどうなんだろうと思うけど、たまに俺にもしてくるから、もうこれは一生治らないだろう。

「えっ、でも……」
「ほら、行っておいで。楽しんでね。気をつけるんだよ？」
「うん！」
　藍のお父さんにうちの母さんを見せたくないのか、2人の間に立って視界を妨げている。
　……必死だなぁ……と、我が父ながら苦笑いをした。
「男に声をかけられたら……わかってるね？」
　いっつも母さんが出かけるときこのセリフを言ってるけど、いったい何をわかってるんだろう？
「もう、そんなに心配しなくても大丈夫だよ？」
「大丈夫じゃないから心配するんだよ」
「ふふっ、はーいっ。行ってきます！」
　母さんは父さんの扱いがうまいなとつくづく思う。
　リビングを出ていこうとしている母さんに、声をかける。
「出かけるって、どこに行くの？」
　俺の質問に、母さんが微笑んだ。
「スイーツビュッフェに行くの！　女性限定でいちごのフェアをやってるのよ！」
　……いちごのフェア？
　その単語に反応したとき、ピンポーンという音がリビングに響いた。
「あら、誰かしら？」
　一番近くにいた母さんが、対応するためインターホンに出る。
　もしかしたら藍かな……？

「はーい！　どうぞ入って！」
　玄関でドアが開く音がして、すぐにリビングへと入ってきたのは俺が待っていた人だった。
「お邪魔します……！」
　元気に挨拶をする藍に、頬が緩む。
　けれど、後ろにも人がいることに気づいて、首を伸ばして確認する。
　藍を追うようにしてついてきていたのは、藍のお母さんだった。
「藍ちゃんも真由さんもいらっしゃい！　今出ようと思ってたの！」
「乃々花さん、急にお邪魔してごめんなさい。うちの主人来てますか？」
「真由、どうした？」
　声が聞こえたのか、リビングの奥から顔を出した藍のお父さん。
「お邪魔してるみたいだから、声をかけてから行こうかなと思って」
　どうやら挨拶に来てくれたらしい藍のお母さんに、俺も「こんにちは」と頭を下げる。
「出かけるんだろう？　あんまり人通りの多い場所には行くなよ？」
「ふふっ、はい」
　藍の両親も、いつ見ても仲がいいなと思った。
　藍から、２人は幼なじみであったと聞いたことがある。

俺の両親も幼なじみ同士。
　そして、俺と藍も幼なじみ。
　運命的なものを感じているけど、言ったら藍のお父さんに何か言われそうだから口には出せないでいる。
　同じ境遇だから、少しは認めてもらいたい気もするけど、藍のお父さんが俺を認めてくれる日はまだまだ先のことになりそうだ。
　認めてもらえるまで、諦めるつもりは毛頭ないけれど。
　そんなことを考えていると、藍がちょこんと俺の服を摘んできた。
　何か言いたげな目で、俺を見上げてくる藍。
　なんとなく藍の考えていることを察した俺は、「どうしたの？」と藍が話しやすいように優しく聞く。
「宗ちゃんっ……あのね、私もいちごのスイーツを食べに行きたくって……あの……」
　想像どおりの言葉に、ふっと笑った。
　多分、その女性限定のビュッフェというやつに行きたいんだろう。
　藍はいちごが大好きだから。
　テストも近いし勉強はしなきゃいけないけど、可愛い彼女のお願いを無下にはできない。
「うん、行っておいで。勉強会は帰ってきてからにしよう」
　そう言うと、藍は嬉しそうに笑った。
「やったぁっ……！　ありがとう宗ちゃん！　大好き！」
　そう言って、抱きついてくる藍。

多分、嬉しくて周りが見えてないんだろう。藍はたまに、公衆の面前でも気にせずこういう行動をする。
　あとで気づいて恥ずかしがったりして、俺は俺でそんな藍が可愛いから気にしないけど……今日はちょっと、ギャラリーに問題がある。
「……藍……今すぐその男から離れなさい……！」
　藍のお父さんが、これでもかと俺を睨みつけているのだから。
　視線だけで人を殺めそうな目だ。
　藍はお父さんに見られていることにようやく気づいたのか、パッと俺から離れ、顔を赤くしている。
「お、お父さん……！　え、えっと、行ってきます！」
　逃げるように出ていった藍。
「私たちも行ってくるね」
「行ってきます」
　母さんと藍のお母さんも、続いて家をあとにした。
　そして、残された男3人。
「……」
　気まずい……。
　父さんは優雅に仕事の資料を見ているけど、藍のお父さんはずっと俺を睨んでいる。
「……おい」
　リビングに、地を這うような低い音が響いた。
「お前はもてなしてくれないのか？」
「コ、コーヒーとお紅茶、どちらが好みですか？」

すぐににっこりと微笑み、そう聞いた。
「コーヒー」
「はい。すぐに淹れますね！」
　機嫌を損ねたらダメだ……この機会に、気がきく男だと思われるように尽くそう。
　少しでも気に入られたくて、うちにある中で俺が一番美味しいと思うコーヒー豆を挽く。

「どうぞ」
　すぐに淹れたてのコーヒーをお父さんの前に置いた。
「……チッ、アメリカンかよ……」
　マズい、ブレンドにしたほうがよかったか……。
「い、淹れ直してきます」
「もういい」
　ため息をつき、カップを持ったお父さん。
　ひと口飲んでから、無反応のままカップを置いた。
「煌貴、あんまり俺の息子、いじめないでやってよ」
　横から、今まで黙って眺めていた父さんが助け舟を出してくれる。
　心なしか、今の状況を楽しんでいるような表情に見えるけど……。
「いじめてない。気に入らないだけだ」
「煌貴は過保護だもんね」
　ふふっと笑いながら、母さんが淹れた作り置きのアイスコーヒーを飲んでいる父さん。

藍のお父さんが、心底腹立たしそうに腕を組んだ。
「藍は、俺と真由の愛の結晶(けっしょう)なんだよ。それを……よりにもよってこんな……」
　ちらりと俺を見て、盛大な舌打ちをした藍のお父さん。
　こんな……なんだろう。
　とにかく悪い印象しかないことはわかった。もとから重々承知しているけど、ふと疑問に思う。
「あの……失礼なんですけど、お父さんはどうしてそこまで僕に対して嫌悪感というか、敵意をお持ちなんでしょうか……？」
　少し異常なくらい嫌われていることに、疑問を持たずにはいられない。
　藍が可愛いのはわかるし、ただ自分の娘の恋人っていうだけで気に入らないのもわかる。
　でも……それ以外にも何か理由があるとしか思えない嫌われっぷりだ。
「お父さんって呼ぶなって言ってるだろ!!　お前が京壱の息子ってだけでアウトだ!!」
　いつもの突っ込みのあと、そう吐き捨てたお父さん。
　俺が……父さんの息子だから？
「父さん……何かしたの？」
「まさか。俺と煌貴は大の仲良しだよ。よく恋バナしてたもんね？」
　俺の言葉に、笑顔で答えた父さん。
　恋バナという単語には、突っ込まないでおこう。

確かに、父さんと藍のお父さんは仲がいいから、父さんが嘘を言っているとは思えないけど……いったいどういう意味だろう？
　不思議に思い藍のお父さんを見ると、若干引き気味な表情で父さんを見ていた。
「お前の親父がどれだけ頭のおかしいヤツか、俺が一番よく知ってる……乃々花ちゃんはまったく気づいてなさそうだけどな……」
「……おい。乃々花のこと名前で呼ぶなって言ってんだろ」
　急に声が低くなり、口調が変わった父さん。
　母さんが関わったらたまにこうなるから、別になんとも思わない。
　多分藍のお父さんは、父さんのこういうところを言ってるのだろう。
「本性出てんぞ、おい。めんどくせーヤツだよな、ほんとに……。こんなヤツの血引いてる時点で、お前は藍の婿候補から外れてる」
　なるほど……父さんの溺愛っぷりを見てきたから、俺も同じだと思われているということか。
「大丈夫だよ。宗壱はどちらかというと乃々花似だから。俺とはあんまり似てないから安心して」
　父さんの言葉に、俺も頷いた。
　俺は、父さんほど重たくないと思う。
　別に藍が他の男の人と話していたって……いや、それは嫌かな。

でも別に、藍が他の男の人と目が合ったくらいじゃさすがに何も……いや、それもできれば嫌かな。
　ああダメだ、俺も父さんのこと言えないかもしれない。
　できるなら閉じ込めたいほど自分が藍を可愛がっていることに気づいた。
「安心できるか。こいつだって大概(たいがい)ヤバそうな目してるじゃねーか。藍が他の男と遊ぼうものなら、心中でもしでかしそうだろ」
　藍のお父さんの言葉に、にっこりと微笑む。
　そんなことはしないから、安心してほしい。
「大丈夫ですよ、お父さん。ちゃんと相手の男だけ殺します」
「ふふっ、さすが俺の息子だ」
　俺のセリフに、父さんはなぜかご満悦な表情。
「がっつりお前の遺伝子受けついでんじゃねーか!!」
　藍のお父さんの叫び声が、リビングに響いた。
　俺が初めて、自分は父さんに似たのだと気づいた休日の出来事。

女子トーク（？）

「んーっ！ 美味しいっ！」
　いちごのムースを口にして、頬を押さえる。
　口の中に広がる甘みと少しの酸味が絶妙(ぜつみょう)で、食べる手が止まらない。
「ふふっ、いちご好きは真由さん似なのね」
　パクパクと食べている私を見て、宗ちゃんママが笑った。
　確かに、私のいちご好きはお母さんの遺伝だと思う。
「そうみたい。パパは甘いもの苦手だものね」
　お母さんの言葉に、私はこくこくと頷いた。
　お父さんは甘いものが苦手で、ほとんど口にしない。
　バレンタインに作ったチョコレートは美味しいって言って食べてくれるけど、基本的にお菓子(かし)全般(ぜんぱん)は不得意だと言っていた。
　いつもコーヒーばかり飲んでいるけど、私はあんなに苦いものは飲めない……。
「こんなに美味しいのにね」
　甘いものの美味しさがわからないなんて、とってもかわいそう……。
　私の言葉に、今度は宗ちゃんママが深く頷いた。
「うちの２人も苦手なの……」
　宗ちゃんパパのことは知らないけれど、確かに宗ちゃんが甘いものを進んで食べているのは見たことがない。

男の人は、あんまり甘いもの好きじゃないのかな？
「だからね、真由さんや藍ちゃんと食べに来られて嬉しいわっ」
　そう言ってくれた宗ちゃんママに、私とお母さんは笑顔を返した。
「私も、宗ちゃんママと一緒に来られて嬉しいです！」
「定期的に行きましょうね！」
「ぜひ！」
　ふふっ、宗ちゃんママ、本当に嬉しそうっ。

　もうお腹がいっぱいと言って紅茶を飲んでいる２人をはた目に、私は黙々といちごのスイーツを食べ進める。
　いくらでも食べられちゃうなぁっ……。
　ふふっ、幸せ……。
「藍ちゃん、宗くんとはどう？」
「……っ、え!?」
　突然宗ちゃんママから振られた質問に、食べていたスイーツをごくりと呑み込んだ。
　どうって……交際に対して言ってるんだよね？
　宗ちゃんママを見ると、にっこりと嬉しそうに微笑みながら、私を見ていた。
「何か困ってることとかあったら、いつでも言ってね？ 宗くんって、何を考えてるかわからないときが多いでしょう？」
「いえ……宗ちゃんすごく優しいので、全然困ってないで

す……」
　それは、心からの言葉だった。
　付き合い始めてから、宗ちゃんは本当に優しくて、不安になる暇もないくらい愛を囁いてくれる。
　これでもかってくらい、大切にしてもらっていた。
　私の返事が予想外だったのか、宗ちゃんママは驚いたように目を見開いた。
　そして、すぐにいつもの可憐(かれん)な笑顔を浮かべる。
「そんなふうに言ってもらえて、宗くんは幸せね!」
　少し照れくさくて、「えへへ」と頭をかいた。
「でも、藍ちゃんパパは怒ってない?」
　不安げな声色で、お母さんのほうを見た宗ちゃんママ。
「ふふっ、うちの主人は過保護だから……でも、本心では宗壱くんのこと、認めてるはずよ。私も、宗壱くんなら安心して藍を任せられるわ」
　え……そうなの?
　私の知らない真実を聞いて、驚いてスイーツを食べる手が止まる。
　お父さん……いつも宗ちゃんにひどい態度だけど、反対してるわけじゃなかったんだ……。
　そう思うと嬉しく、再びスイーツを食べる手を再開。
　ぱくりと食べた2つ目のいちごタルトは、さっきよりも甘く感じた。
「そう言ってもらえてよかった。私も、藍ちゃんみたいな可愛い子がお嫁さんに来てくれたら嬉しいわっ」

宗ちゃんママ……。
「私のほうこそ……。宗ちゃんは、私にはもったいないくらい素敵な人だと思ってます」
「まぁ、宗くんが聞いたら喜ぶわねっ」
　私たちはそんな話をしながら、いちごのビュッフェを満喫した。

　お腹いっぱい……！
　お店を出て、車を停めている駐車場までの道を歩く。
　100メートルほどの距離だったけれど、その間ひしひしと通行者の視線を感じた。
「2人と歩いていたら、視線がすごい……」
　お母さんも宗ちゃんママも、女優さんのような容姿をしているから、みんな見てるっ……。
　こんな絶世の美女たちと歩いていたら仕方ないけど、視線が痛いよっ……。
「ふふっ、みんな藍ちゃんと真由さんを見てるのよ」
「私なんて誰も見てないわ。乃々花さんと藍はどこにいても目立つわね」
　謙遜しているのか自覚がないのか、2人は微笑みながらそんなことを言っている。
　それにしても、お母さんはこんなに可愛いのに、どうして私はその遺伝子を受けつがなかったんだろう……？
　お父さんもかっこいいのに……うう。
　宗ちゃんママなんて、本当に計算し尽くされたような完

璧な顔の作りだと思う。
「道を歩いてたら、声をかけられないんですか？」
　ふと気になってそう聞けば、宗ちゃんママはふふっと意味深に笑った。
「それはないかなぁ……ボディーガードさんがいてくれるから」
　……え？
「ボディーガード……？」
　どういうことだろう……？
　首を傾げた私に、宗ちゃんママは顔を近づけて、人差し指を遠くに向けた。
「ほら、あそこ」
　……あそこ？
　向けられた指の先を見ると、そこには、スーツを着た男の人が立っていた。
　それも、厳つくて強そうな男の人。
　あれがボディーガード……？
「私は平気だって言ってるんだけど、うちのパパが心配性で……」
　な、なるほど……。
　宗ちゃんママの言葉に、納得がいった。
　きっと、宗ちゃんパパが勝手につけたんだろう。
　すごい溺愛っぷりだなぁ……と、一周回って感心した。
「ふふっ、京壱さんは相変わらずなのね」
「真由さんこそ……」

お母さんの言葉に、何か言いかけた宗ちゃんママ。
　けれど、ハッとした表情をして、ごまかすように笑顔を浮かべた。
「あっ、ううん、何もないの」
　……？
　どうしたんだろう？
　不思議に思ったけど、とくに追及しなかった私とお母さんは、知る由もなかった。
（内緒って言われてたんだったわ……！）
　宗ちゃんママが、そんなことを思っていたなんて……。
　そして──。
「宗ちゃんは、あんまり宗ちゃんパパと似てない気がするので、きっとお母さん似なんですね」
「え？　宗くんはお父さん似よ？　あの２人、そっくりだもの」
「……え？」
　宗ちゃんパパの溺愛は、決して人ごとではないということに。
　気づくのは、もう少し先の話。

男子トーク（？）

「遅いな……」

　藍たちが帰ってくるまで俺たちの家で待つつもりらしい藍のお父さんが、仕事の資料から視線を上げてそう言った。

　俺も少し心配に思っていたから、「そうですね」と返事をする。

　もう出かけてから３時間経ってる……。

　買い物をしてくるとは言っていなかったし、お店が混んでるのか？　それとも、何かあったんじゃ……。

　藍と藍のお母さんと俺の母さん。一等級の美貌の主が３人そろって歩いているのだから。

　必然的に視線を集めるだろうし、変な男に声をかけられてたり……。

　心配になって、ちらりと父さんに視線を送る。

　すると、にっこりと微笑みが返ってきた。

「もうすぐ帰ってくるよ」

　その言葉に、ホッとする。

　父さんがそう言うなら大丈夫だ。

「どうしてわかるんだ？」

　一方、藍のお父さんは不思議そうに父さんを見ている。

　あれ、言ってないのかな……？

「位置情報」

　満面の笑みを今度は藍のお父さんに向けた。

それを受けた藍のお父さんは、眉間にしわを寄せた。
「……お前……」
「何？　煌貴だってGPSつけてるだろ？」
　昔から、心配性な父さんは位置情報がわかるGPSを母さんに持たせていた。
　あと、ボディーガードもつけていて、遠目から見張らせている。
　もし母さんたちに何かあれば父さんに連絡が行くようになっているし、何もないなら安心だ。
　藍のお父さんも、てっきり護衛はしっかりしてるものだと思ってたけど……父さんとは少し考え方が違うのかな？
「俺は何かあったときのためにだ。お前みたいに監視するためじゃない」
　……なるほど。
「俺だって監視してるつもりはないよ。お前こそ、真由さんが外出するときはしっかり敏腕のボディーガードつけてるくせに」
　え？
　父さんの言葉に、藍のお父さんはバツが悪そうな表情になった。
「……真由は可愛いから心配なんだよ」
　どうやら、藍のお父さんもしっかり伴侶を守らせているらしい。
　お互い大企業に勤めていることもあって、いろんな危険も心配も多いだろうし、過保護になるのも納得できる。

付け加えてあの容姿。普通に外を出歩かせるなんて気が気じゃないだろう。
「俺もそうだよ。乃々花は世界一可愛いから、心配」
「世界一は真由と藍だ」
「2人の時点で1じゃないよ。2位と3位は譲ってあげる」
　言い合いを始めた2人に、俺もそっと口を開く。
「父さん」
「ん？」と不思議そうに俺を見た父さんに、にっこりと微笑んだ。
「1番は藍だよ」
　これだけは、俺も譲れない。
「……言うね」
　父さんは、俺の言葉に意味深な笑みを浮かべた。
「おい！　自分のものみたいに言うな‼」
「あ……いえ、そんなつもりじゃ……」
「ただいま……！」
　修羅場化の危険を感じたとき、玄関が開く音と、母さんの声が響いた。
　藍のお父さんが、不機嫌そうな表情のまま立ち上がる。
「俺も帰る。邪魔したな、京壱」
　ひとまず、ホッと胸を撫で下ろした。
「また話そうね、煌貴」
「ああ」
　藍のお父さんは、母さんにも「お邪魔しました」と言って、自分の家に帰っていった。

「ふふっ、楽しかったっ」
　お出かけが随分楽しかったのか、上機嫌でリビングに入ってきた母さん。
「おかえり」
「うん！　そういえば藍ちゃん、勉強の準備してから来るって言ってたわよ」
「そっか」
　藍のお父さんは帰ったから……いつもどおり２人で勉強できそうだ。
　申し訳ないけれど、内心喜んでいる自分がいる。
「……ふふっ」
　突然笑みを零した母さんに、少し首を横に傾ける。
「どうしたの？」
「お母さん、藍ちゃんから惚気話聞いちゃった」
「っ、え？　藍が？」
　衝撃の発言に、思わず前のめりになった。
　惚気話って……なにそれ。
「何？　なんて言ってたの？」
　気になりすぎるそのワードに、食い気味に聞き返す。
「聞きたい？」
「聞きたい」
「あら、珍しい」
　俺がここまで食い入って聞く姿に驚いている母さんの表情は、どこか嬉しそうだった。
　少しもったいぶるように間を空けてから、口を開いた母

さん。
「宗くんのこと、自分にはもったいないくらい素敵な人ですって」
　……藍が、そんなことを……？
「……そっか」
　いつもかっこいいとか、褒めてはくれるけど……第三者から聞くのは、いつもと違った嬉しさがある。
　ダメだ、口元が緩んで仕方ない……。
　隠すように、片手で口元を隠した。
　そんな俺を見ながら、母さんはまた笑う。
「宗くんも、そんな顔するのね」
　今更だけど、藍との交際について母さんと話すのは初めてだ。
「お母さん、早く孫の顔が見たいわっ」
「気が早すぎるよ」
　結構な衝撃発言に、驚きを隠してそう答える。
　孫って……まあでも、俺もできることなら早く、藍と夫婦になりたいと思う。
　父さんや母さん、藍の両親を見ていると、夫婦っていいなと思うし、何より――。
　帰ってきたら家に藍がいるなんて、幸せ以外の何物でもない。
　――ピンポーン。
「あら、藍ちゃんかしら？」
「俺が出る」

インターホンが鳴り、急いで玄関へ向かう。
　扉を開けると、急いで準備したのか少し息を切らした藍がいた。
「宗ちゃん、お待たせっ……！」
　その笑顔に、俺は一瞬で幸福に満たされる。
　……ほんと、可愛い。
「どうぞ」
　扉を開けて、藍を中に入れた。
　律儀な藍が母さんと父さんに挨拶をすると言うので、一度リビングに行ってから、自室へと移動した。
　中に入って、パタリとドアを閉める。
「ごめんね、遅くなっちゃっ……え？」
　藍が言い切るよりも先に、俺は我慢できなくて力強く抱きしめた。
「そ、宗ちゃんっ……!?　どうしたの？」
　藍は驚いているみたいだけど、決して俺の腕を解こうとはしない。
　俺はますます調子に乗って、抱きしめる腕に力を込めた。
　愛しくて、愛しくて仕方ない。
「藍、大好きだよ」
「……っ」
　俺の言葉に、藍の身体がびくりと震えた。
　少しして、静かな部屋に藍の声が響く。
「わ、私もっ……」
　今にも消え入りそうなその声だけで、恥ずかしそうに赤

く染まっている藍の顔が想像できた。
　でも、想像だけでは足りなくて、抱きしめる腕を解き藍の顔を覗き込む。
「可愛い……俺だけの藍」
　視界に入ったその顔は、想像以上に真っ赤になっていて——俺は再び抱きしめながら、もう一生離さないと心の中で誓った。

同棲生活

【side藍】
「うん、美味しいっ」
　でき上がった朝ごはんのスープを味見して、頬を緩めた。
　時計を見ると、時刻はちょうど7時。
　私はキッチンから寝室に移動して、ベッドでスヤスヤ眠っている宗ちゃんに近づいた。
「宗ちゃん、起きてー」
　優しく身体を揺すって、耳元で囁やく。
「んー……」
　ふふっ、眉間にしわ寄ってる……。
　宗ちゃんの寝起きの悪さは、相変わらずだ。
「宗ちゃん、起きないと遅刻しちゃうよっ」
「んー……あ、い……？」
「ふふっ、うん。藍だよー」
　そう返事をすると、突然腕をつかまれた。
　そのまま、ぐいっと引き寄せられ、抱きしめられる。
「わっ……！」
　私は倒れ込むように、宗ちゃんの胸にダイブした。
「もうちょっと……寝よ……」
　私をぎゅーっと強く抱きしめ、気持ちよさそうに目を閉じた宗ちゃん。
　朝の宗ちゃんは、珍しく甘えんぼうだ。

可愛いけど……ほんとに遅刻しちゃうっ……！
「宗ちゃん、もう起きる時間だよ！」
「……」
「頑張って起きて？」
「……んー……」
「起きられたら、おはようのちゅーしてあげるよ？」
　宗ちゃんの身体が、ぴくりと動いた。
　そして、頑なに開かなかった目がゆっくりと開いていく。
　宗ちゃんは私を抱きしめたまま、さっきの駄々っ子は演技だったのかと思うほどスッと起き上がった。
「……起きたよ。はい」
「もうっ、宗ちゃん子供みたい」
「……ほら、早く」
　キスしてと言わんばかりに催促してくる宗ちゃんに、ふふっと笑ってしまう。
　いっつも頼もしい宗ちゃんがこんなふうになっちゃうなんて……同棲を始めるまでは知らなかった。
　私は望まれるままに、宗ちゃんの唇に自分のそれをそっと重ねる。
「……はい、おはよう、宗ちゃん」
「……ん、おはよう」
　満足げな宗ちゃんの表情に、また笑ってしまう。
「早く支度しよう？」
「待って。……もうちょっとだけ」
　宗ちゃんは、さっきよりも強く、ぎゅーっと抱きしめて

くる。
「どうしたの?」
「……充電」
　なんの充電だろう?と思いながらも、宗ちゃんが満足するのを待つ。
　けれど一向に離れる気配はなく、私は宗ちゃんの胸を叩いた。
「宗ちゃん、ほんとにそろそろ支度しなきゃーっ……」
「……うん」
　名残惜しそうに、離れた手。
　私は宗ちゃんに笑顔を向けて、「朝ごはん用意しておくね」と言ってから、キッチンに戻った。

　4月の初めから宗ちゃんと同棲を始めて、今日でちょうど2週間が経った。
　私は今大学1年生になり、宗ちゃんは4年生だ。
　私は宗ちゃんの大学とは違う、調理全般を学ぶ大学に通っている。
　宗ちゃんと同じところに行きたい気持ちもあったけど、いろいろと考えて、進路先を選んだ。
　宗ちゃんの大学は経済経営に特化した大学で、私がその大学に行ってやりたいことはなかった。
　昔から、将来の夢は宗ちゃんのお嫁さんで、それ以外の夢が思い浮かばなかった。
　なら、宗ちゃんにいつでも美味しい料理を作ってあげら

れるように……と思って、今の大学を選んだんだ。

　私は食物栄養科に在籍していて、短期大学だから２年で卒業だけど、学べることは全部学びたいと思っている。

　今日の朝ごはんも、大学の実習で習ったものをさっそく作ってみた。

　宗ちゃんも好きだと言っていたコーンのパンとくるみのパン、サラダとスープをお皿に入れて、テーブルに並べる。

　水と、野菜のスムージーを置いたとき、ちょうどスーツを着た宗ちゃんがリビングに入ってきた。

　宗ちゃんは３年生の前期で大学の単位は取り終わったらしく、今はお父さんの会社にお手伝いに行っている。

　正式に働くのは大学を卒業してからだそうだけど、それまではお父さんの同伴をしていろんなことを学ばないといけない、と言っていた。

「今日の朝ごはんもすごいね。美味しそう」

「えへへ、よかった」

　２人でテーブルを囲んで座り、朝食を食べ始めた。

「このトースト、すごく美味しいよ」

「ほんとに？　よかったっ……！」

「料理の腕、また上げたね」

　微笑む宗ちゃんに、私も頬が緩んだ。

　宗ちゃんに美味しいって言ってもらいたいから、頑張ってるんだよ。

　そう心の中で呟いて、私も朝食を食べ進めた。

朝食を済ませて、家を出る。
　いつも宗ちゃんが車で大学まで送ってくれる。どうやら宗ちゃんはそのまま会社に向かうらしい。
「藍、大学は楽しい？」
　大学に向かいながら、宗ちゃんがそう聞いてきた。
「うん！　とっても！」
　大学生活は、想像以上に楽しかった。
　授業はもちろん、その中の実習もとても楽しいし、友達もたくさんできた。
　笑顔で返事をした私に、宗ちゃんは同じものを返してくれる。
　けれどその笑顔が、どこか寂しそうに見えた。
「サークルとかは……入るの？」
　前を向いたまま宗ちゃんが発した言葉に、こくりと頷く。
「入ろうと思ってる！」
　そう返事をすると、宗ちゃんはなぜか、一瞬不安げな表情になった気がした。
　どうしたんだろう……？
　私の気のせいかな？
「あのね、コーヒー研究会っていうサークルがあって……」
「コーヒー？　どうしてまた」
「宗ちゃんコーヒー好きでしょう？　だから、私も美味しいコーヒーを勉強して、宗ちゃんにオススメできたらなって……」
　私の言葉に、宗ちゃんは目を見開いた。

信号が赤になって、車が止まる。
「……ありがとう」
　ふわりと微笑んで、頭を撫でてきた宗ちゃん。
　その表情もまた、どこか不安げに見えた。

　宗ちゃん、様子がおかしかったなぁ……。
　次の講義の教室へ向かいながら、さっきの宗ちゃんのことを考える。
　いつも自信たっぷりで、頼もしい宗ちゃんが、あんな不安そうな顔……気のせいとは思えない。
　でも、理由がわからない……。
　家に出るまでは普通だったし、車に乗ってから私何かしちゃった？
　大学生活と、サークルのことを話しただけで……。
　って、もしかして、それが原因……？
　私がサークルに入るのが嫌なのかな？
　……でも、どうして？
　考えれば考えるほど、意味がわからなくて疑問が増えていく一方だった。
「藍ちゃん、おはよう」
　うーん……と頭を悩ませていると、背後から声をかけられた。
　声の主は、１つ年上の先輩。
「あっ……おはようございます！」
　名前は確か……なんだったっけっ……。

思い出せなくて、ひとまず笑顔を返す。
　名前は置いておいて、彼はいつも爽やかな笑顔で優しく話しかけてくれるいい人だ。
「サークルの加入、考えてくれた？」
　コーヒー研究会を紹介してくれたのも彼で、ぜひ加入してほしいと誘われていた。
　もしかしたら、サークルメンバーが足りないのかもしれない。
「毎週有名な豆を持ち寄って、みんなでお茶会をするんだ。きっと好みのコーヒーに出会えると思うよ」
　そう言われ、気持ちがぐらりと揺れた。
　宗ちゃんはいつも、読書をするときにコーヒーを飲むのが日課だ。
　昔からどこへ行ってもコーヒーを頼んでいるし、きっと大好きなんだと思う。
　だから、いろんなコーヒーを知って宗ちゃんにオススメしてあげたいし、あわよくば私もコーヒーを飲めるようになりたい。
「はい、ぜひ……」
　入らせてくださいと言おうとして、私は慌てて言葉を呑み込んだ。
　さっきの宗ちゃんの顔が、フラッシュバックしたんだ。
「あの、すみません……もう少しだけ考えさせてもらえませんか……？」
　念のため、宗ちゃんに確認を取ろう。

きっとサークルが原因じゃないと思うし、ダメって言われなかったから、反対はされないだろうけど……。
　宗ちゃんがあんな顔をするのは、本当に珍しいから。

【side宗壱】
　1ヶ月前から、藍との同棲が始まった。
　始まるまでの道のりは、それはそれは険しかった。
　もちろん、一番の難関は藍のお父さんだった。
　結婚するまでは家から出さないというお父さんを、藍と俺、そして俺の両親、藍のお母さんみんなで説得した。
　地道な説得の末、ついにお父さんが首を縦に振ってくれたときは柄にもなく大喜びしたのを覚えている。
「結婚するまでは絶対に手を出すな!!」という新たな約束付きだけれど。
　社会人になるまでは俺が払える範囲の場所で住もうと思っていたけど、両親たちが猛反対し、結局セキュリティの備わった父さんの所有するマンションの1つに住んでいる。
　何はともあれ、同じ場所で目覚めて直接おやすみと囁ける今の状況が、幸せで仕方なかった。
　なんの不満もない順風満帆な毎日……だけど……。
「はぁ……」
　憂鬱な気持ちのまま、会社に向かう。
　運転中も、ため息が止まらなかった。
『宗ちゃんコーヒー好きでしょう？　だから、私も美味し

いコーヒーを勉強して、宗ちゃんにオススメできたらなって……』
　藍の言葉を思い出して、内心頭を抱えたい気分だった。
　藍の気持ちは嬉しい。
　でも……できることなら、サークルには入ってほしくなかった。
　大学の集まりなんて、偏見かもしれないが、ほとんどが出会い目的だ。
　藍なんかがサークルに入ったら……言い寄られるに決まってる。
　付き合い始めてからもうすぐ3年が経つ。
　周りの友人は、付き合いが長ければ長いほど冷めるなんて言うけど、藍への気持ちは日に日に増すばかりだった。
　だから、俺の過保護も比例してひどくなっている。
　大人に近づくたび、可愛いのはもちろん、みるみる綺麗になっていく藍。
　大学へ行くのだって、正直快くは思っていなかった。
　もちろん、俺のために料理の勉強をしたいと言ってくれたことは嬉しい。藍の手料理は本当に美味しいし、毎日楽しみにしている。
　でも……俺は別に、藍が料理をできなくたって構わない。
　なんにもできなくてもいい。
　ただ、俺のそばにいてくれたら。
　大学なんて、悪い虫が集まってるんだから。
　毎日大学へ車で送っているのも、一種の牽制(けんせい)だ。

藍には恋人がいる、ということを、他のヤツらに見せしめている。
　それでも、近づくヤツは近づくだろうけど……。
　本人がいまだ無自覚なのも、悩みのタネだ。
　サークル……入るの、やめてくれないかな……。
　そう思うけど、藍のあの笑顔を見て、反対はできない。
　それに、藍の行動を縛(しば)りすぎるのもどうかと思うし。
　束縛(そくばく)する男は嫌われるって言うから。
　彼女が可愛すぎるのも困りものだと、何度目かのため息を吐き出した。

　家に帰るのは、いつも夜の7時から8時頃。
　けれど今日は、取引先との打ち合わせが長引いてしまい、9時になってしまった。
　藍に連絡もできなかった。早く帰れるようにするって言ったのに……。
　できるだけ急いで家へ帰り、玄関のドアを開ける。
「ただいま……！」
　そう言って中に入ると、リビングのほうから足音が聞こえてきた。
「おかえりなさいっ……！」
　嬉しそうに、笑顔で駆けてくる藍の姿に、だらしなく頬が緩んでしまう。
　可愛い……。
　頭の中が、その言葉で埋め尽くされた。

駆け寄ってきた藍が、そのまま飛びつくように抱きついてきた。
　愛しくて愛しくて、胸が痛いほどだった。
「ごめんね、遅くなって……」
「ううん！　お仕事お疲れさま！」
　遅いよとか、文句の１つくらい言ってもいいのに……。
　藍のこういう優しいところは、俺にとって本当に何よりの癒やしだ。
　ぎゅっと抱きしめ返すと、藍が嬉しそうに笑って俺を見上げた。
「疲れたでしょう？　ごはんにする？　お風呂にする？」
　藍っていう選択肢はないのかな……。
　そんなことを思った自分が、少し恥ずかしくなった。
「じゃあ、ごはんお願いしてもいい？」
「うん！　温めるね！」
　藍が俺の手を握って、案内するようにリビングへ連れていく。
　それがなんだかおかしくて、くすりと笑った。
　藍を見ると、疲れなんて一瞬で吹っ飛ぶな……。
「藍はもう食べたの？」
「ううん！」
　……え？
「待っててくれたの？」
　俺の言葉に、藍はこくりと笑顔で頷いた。
「だって、宗ちゃんと一緒に食べたかったんだもん」

……ほんと、可愛いな。
　藍の可愛さで、なんかいろいろお腹いっぱいだ……。

　藍がテキパキと晩ごはんの用意をしてくれて、いつものように２人でテーブルを囲む。
　今日は俺の大好物でもあるビーフシチューを作ってくれたみたいだ。
「宗ちゃんお疲れだから、宗ちゃんの好きなものばっかりにしたよ！」
　ここ数日ずっと父さんの同伴で忙しなくしていたからだろう。
　毎日藍に癒やされてるから全然疲れていないけど、労わってくれる気持ちが嬉しい。
「こうして一緒に夜ごはんを食べられるなんて、幸せ」
　ごはんを食べながら、藍がそう言った。
　幸せなんてきっと、俺のほうが何倍も感じてるよ。
　比べるものではないけど、今の自分は本当に、幸せ以外の何物でもない。
「これからはずっと一緒だよ」
　……ずっと、こんな生活が続けばいいのに。
　頼むから、誰も俺たちの邪魔をしないでくれと願わずにはいられなかった。

　藍の美味しいごはんを食べて、風呂もすませた。
　リビングに戻ると、ソファに座る藍がうとうとしている

のが目に入る。
　ふっ、眠たそうだなぁ……可愛い。
「あーい。こんなところで寝たら風邪ひくよ？」
　隣に座ってそう言えば、藍はハッと目を開いた。
　俺のほうを見て、目元をふにゃっと垂れ下げる。
「あっ……宗ちゃん、お風呂でたぁ……？」
　……っ。
　眠たいせいか、ふにゃふにゃした話し方と笑い方。
　藍は俺の肩に頭を預け、動物が甘えるように頬を擦り寄せてきた。
　ああ……可愛すぎる。
　今すぐに力強く抱きしめてしまいたい衝動を、必死に抑える。
「もう寝る？」
　優しくそう聞けば、藍は首を横に振った。
「ううん。もうちょっと起きてる」
「そっか」
　くしゃくしゃと、頭を撫でる。
　ソファに座りながら、ただただ過ぎる時間。
　そんな時間が、どんな時間よりも幸福に思えた。
「明日は休みだし、どこか出かける？　藍、行きたいところある？」
　せっかく１日休日が取れたんだし、藍のわがままを聞いてあげたい。
「……ううん。せっかくだから、お家でごろごろしよう？」

「え？　家でいいの？」
「うんっ！　宗ちゃんも、たまにはしっかりお休みを取らなくちゃ」
　どうやら、俺が疲れていると思っているらしい。
　こういうところがいじらしいというか……愛しくて仕方ない。
「ありがとう」
　別に疲れてはないけど、できるなら藍と家でゆっくり過ごしたいのが本音だった。
　家の中なら誰にも邪魔されないし──２人きりでいられるから。
「明日は起こさないから、好きなだけ寝てていいよ」
「藍も一緒に寝てようよ」
「ふふっ、うん」
　微笑む藍が可愛くって、もう一度頭を撫でる。
　すると、突然藍が、思い出したようにハッとした表情になった。
「ねえ、宗ちゃん」
「ん？　どうしたの？」
「あのね、今朝、何かあった？」
「っ、え？」
　急にそう聞かれて、驚いてしまう。
　いったい何を勘付いたんだろう……。
「何かって？」
　藍は自分のことには鈍感なのに、人のことになると鋭い。

周りの人間を、よく見ている証拠だ。
「うーん……よくわからないんだけど、宗ちゃんなんだか様子が変だったから……」
　はっきりとは図星をついてこなかったが、確信を持っている目だった。
　自分ではポーカーフェイスなつもりだけど、案外俺はわかりやすいのかな？
　いや……多分、藍の前ではうまく感情を隠せていないのだろう。
　愛しさも、嬉しさも悲しみも嫉妬も……藍の前だと抑えきれない自覚もあった。
「何もないよ」
　ごまかそうとそう言えば、藍はじっと俺を食い入るように見たあと、視線を逸らした。
「……そっか。ならいいんだけど……」
　ごまかせたわけではなく、これは藍が折れてくれたんだと思う。
　これ以上の追求はやめておこうと。
　このまま、適当に会話を逸らして、何事もなく過ごそう。
　そう、思ったのに……。
「……嘘」
　いつのまにか俺の口から、そんな言葉がこぼれていた。
　藍の手を引いて、自分のほうへと引き寄せる。
　そっと、優しく抱きしめた。
「ごめん、藍。俺……藍にサークルとか、入ってほしくな

「いんだ……」
「え?」
　ああもう……情けなさすぎるな、俺は。
　年上なのに、こんな子供みたいに嫉妬して。
　しかも、日に日に悪化しているなんて。
「ほんとは、言うつもりはなかったんだけど……」
　藍の耳元で、正直な気持ちを話した。
「サークルなんて入ったら、藍がいろんな男に言い寄られそうで……考えるだけで、嫌なんだ」
　それにサークルに入ったら、飲み会とか食事会とかに誘われることも増える。
　必然的に、他の男の目に触れる機会が増えてしまう。
　本当は、一瞬でも嫌なんだ。
　他の男の目に藍が入るのも、藍の目に……他の男が映るのも。
「私に言い寄る人なんて……」
「いるよ。藍は可愛いから。だから俺はここまで心配してるんだよ」
　藍が何も思っていなくても、相手はそうじゃないから。
「藍のことを信じてないわけじゃないんだ」
　そうじゃなくて……俺が信じてないのは、藍の周りにいる男たちだ。
　過保護すぎるのだってわかってる。
　自分の強すぎる独占欲に、自分自身呆れていた。
「ごめんね……こんな、嫉妬深い男で」

申し訳なくて、謝罪の言葉を伝える。
「ふふっ」
　　……藍？
　　腕の中にいる藍が、なぜか笑った。
　　抱きしめる腕を解いて、藍の顔を見る。
「わかった。サークルには入らないっ」
　　嬉しそうな笑顔に、もう意味がわからない。
　　どうしてそんなに嬉しそうなの……？
「怒ってないの？」
「怒るわけないよっ」
　　即答する藍に、首が横に傾いていく。
　　俺が藍だったら、うんざりすると思うのに。
　　少しくらい放っておいてくれって。
　　大学生なんだから少しくらい遊ばせてって……文句を言うと思うのに。
　　藍は、俺の胸に顔を埋めた。
「宗ちゃんが私のこと、すっごく愛してくれてるんだなぁってわかって、とっても嬉しい」
　　……もう、敵わない。
　　どこまで俺を虜にすれば気が済むんだ、藍は。
「愛してるよ。もうこれ以上ないってくらい」
　　誰よりも、何よりも……俺の感情を動かすのは、いつだって藍ただ１人。
「私も愛してる……こんなにも宗ちゃんに愛されてる私は、世界一の幸せ者だなぁ……」

もう我慢できなくて、壊れるほど強く抱きしめた。
「サークル、入りたかったでしょ?」
「宗ちゃんのために入りたかったんだもん。宗ちゃんが嫌って言うなら、入る理由なんてないよ」
「本当はもっと遊んだり、飲み会とか行きたいんじゃない?」
「ううん。宗ちゃん以外の男の人と遊びたいなんて思わないよ」
　俺もだよ、と言いたかったけど、言葉にならなかった。
　こんなふうに言われたら、もうどうしようもなくなる。
　独占欲も抑えられなくなるし、もっと面倒くさい男になってしまう。
　年上だから、もっと余裕ぶりたいのに、藍の前では俺の余裕なんてすぐに剥がれてしまう。
　このまま一生、2人きりでいられたらいいのに。
　ああダメだ。年々、父さんに似てきてる気がするな。
「……それにね」
　藍が、ゆっくりと口を開いた。
「今気づいたけど、サークルに入ったら宗ちゃんといる時間が減っちゃうかもしれない……それはヤダ」
　藍は少し顔を赤らめながら、そう言った。
　ダメだ……心臓が張り裂けそう。藍が可愛すぎて。
「どうしてこんなに可愛いの?」
　抱きしめる手を離して、藍の頬に両手を添えた。
　藍が不思議そうに首を傾げながら、上目遣いで見てくる。

「可愛い？」

「うん。宇宙一可愛い」

「ふふっ、やったぁっ」

　喜ぶ姿も可愛い。もう藍が何をしても、可愛いとしか思えない。

　再び、力強く抱きしめた。

　藍の首筋に、顔を押しつける。

「藍のこと、一生独占していたい」

　俺の、一番の願いだった。

　藍が、くすぐったそうに身をよじったあと、再び「ふふっ」と笑う。

「していいよ。私は宗ちゃんのものだもん」

　許可が下りたので、もう離してはあげられないな。

　もとから、離すつもりなんて少しもないけど。

「藍を甘やかしていいのも、独占していいのも俺だけ」

　そう耳元で囁いて、再び抱き寄せる。

　藍の居場所が一生、俺の隣でありますように。

【side藍】

　サークル、入らないですって明後日の月曜日にちゃんと伝えなきゃ……。

　昨日、宗ちゃんの気持ちをちゃんと聞けてよかった。

　嬉しい言葉もたくさん聞けたし、宗ちゃんも嬉しそうだったから。

　やっぱり、話し合うって大切だ。

そんなことを思いながら、スヤスヤと眠る宗ちゃんの寝顔をじっと見つめる。
　宗ちゃんは寝顔も綺麗だなぁ……。
　それに、なんだか可愛いっ……。
　写真を撮りたかったけど、盗撮になっちゃうからぐっと我慢した。
　目に焼き付けておこう……！
「……どうしたの？　そんなじっと見つめて」
「わっ……！　お、起きてたの!?」
「うん。藍の熱い視線で目覚めた」
　いたずらっ子のように、口角を上げた宗ちゃん。
　うう……恥ずかしい……。
「宗ちゃん、もう起きる？」
「今、何時……？」
「9時だよ」
「……まだ寝ようかな」
「ふふっ、お昼になっちゃうよ」
　ほんとに宗ちゃんは、朝に弱いなぁ。
　そんなふうには見えないのに。こういうのがギャップっていうやつかな？
「藍も寝よう」
「えー、もう眠たくないよ」
「ダメ」
　逃がさないとでもいうかのように、背中に回された手。
　結局、私たちは仲良く二度寝をした。

まだスタートほやほやの同棲生活は、とても幸せ。
　いつかこの同棲の文字が取れるようになって、恋人としてじゃなくて家族として暮らせるようになりたいな。
　きっと、そう遠くはない未来。

「こんなに寝たの久しぶりだなぁ……朝ごはん作るね！」
「俺も何か手伝うよ」
「ありがとう！　……あっ、卵がない！　宗ちゃん、ちょっとコンビニに行ってくるね！」
　私は慌ててお財布を用意しようとする。
「コンビニ？　俺も行く」
「え？　何か買うものある？」
「ないけど心配だから行くよ」
「ふふっ、コンビニくらい１人で平気だよ。本当に過保護だなぁ」
「大丈夫じゃない。ていうか、卵はいらないから、今日は外に出ずに２人で過ごそう？」
　宗ちゃんの言葉に、再び笑みが溢れる。
　大大大好きな、私だけの恋人。
　かっこよくて優しくて頼もしくて、でもたまに可愛い、自慢の恋人。
　ちょっぴり……いや、結構過保護だけど、そんな宗ちゃんの愛が、たまらなく嬉しい。
　ずっとずーっと、私だけの宗ちゃんでいてね。

「宗ちゃん」
「ん？　どうしたの？」
　私は宗ちゃんの身体に、ぎゅっと抱きついた。
「大好きっ……！」

　　　　　　　　　　　　　　　　　　【END】

あとがき

このたびは、数ある書籍の中から『年上幼なじみの過保護な愛が止まらない。』を手に取ってくださり、ありがとうございます。

溺愛120%の恋♡シリーズ、ついに5冊目をお届けできました……！
これも全て、応援してくださる皆様のおかげです。

今回は、シリーズ初となる大学生ヒーローでした。
第3弾カップルの息子となる宗壱くんの過保護な愛、楽しんでいただけたでしょうか？
第1弾カップルの娘である藍ちゃんの可愛さにも胸キュンしてもらえていたら嬉しいです。
相変わらず、とてもとても楽しんで書かせていただきました！
皆さんにとっても、何度読み返しても楽しめるような、そんな1冊になれたらと思います。

いよいよ、次回の第6弾で溺愛120%の恋♡シリーズは最終巻を迎えます。
第6弾のヒロインは、第4弾でも登場した（日奈子の親友）桜ちゃんです。

男性恐怖症で地味子を装い男の子を避けている、実は美少女の桜ちゃんが、両親の再婚でイケメン３兄弟と暮らすことになってしまい、その中でも同級生の次男と……！という王道同居ものなので、よろしければ第６弾までお付き合いくださいませ。
　ヒーローは本編にもちらりと名前が出てきたパーフェクト王子・万里くんです。
　ラストにふさわしい、「王道・胸キュン・溺愛」全開の作品をお届けしますので、どうぞお楽しみに！

　それでは、最後に携わってくださった方々へのお礼を述べさせてください。
　いつも素敵すぎるイラストをありがとうございます、覡(かんなぎ)あおひ様。
　そして作品を読んでくださった読者様。
　いつも温かく見守り、応援してくださるファンの皆様。
　書籍化にあたって、携わってくださった全ての方々に、深く感謝申し上げます！

　次回でラストを迎える溺愛シリーズ、どうぞ最後までよろしくお願いいたします(*´˘`*)！

2019年7月25日　＊あいら＊

作・*あいら*

マンガ家を目指す女子大生。胸キュン、溺愛、ハッピーエンドをこよなく愛する頭お花畑系女子（笑）。近著は"溺愛120％の恋♥"シリーズ第1弾『キミが可愛くてたまらない。』第2弾『クールな生徒会長は私だけにとびきり甘い。』第3弾『腹黒王子さまは私のことが大好きらしい。』第4弾『ルームメイトの狼くん、ホントは溺愛症候群。』（すべてスターツ出版刊）など。ケータイ小説サイト「野いちご」で執筆活動中。

絵・覡あおひ（かんなぎあおひ）

6月11日生まれのふたご座。栃木生まれ。猫と可愛い女の子のイラストを見たり描いたりするのが好き。少女イラストを中心に活動中。

ファンレターのあて先

〒104-0031

東京都中央区京橋1-3-1

八重洲口大栄ビル7F

スターツ出版（株）書籍編集部 気付

＊あいら＊ 先生

この物語はフィクションです。
実在の人物、団体等とは一切関係がありません。

年上幼なじみの過保護な愛が止まらない。
2019年7月25日　初版第1刷発行
2022年3月12日　　第4刷発行

著　者　＊あいら＊
　　　　©＊Aira＊ 2019

発行人　菊地修一

デザイン　カバー　金子歩未（TAUPES）
　　　　　フォーマット　黒門ビリー＆フラミンゴスタジオ

DTP　朝日メディアインターナショナル株式会社

編　集　長井泉
　　　　伴野典子　三好技知（ともに説話社）

発行所　スターツ出版株式会社
　　　　〒104-0031 東京都中央区京橋1-3-1　八重洲口大栄ビル7F
　　　　出版マーケティンググループ　TEL03-6202-0386
　　　　（ご注文等に関するお問い合わせ）
　　　　https://starts-pub.jp/
印刷所　共同印刷株式会社
Printed in Japan

乱丁・落丁などの不良品はお取り替えいたします。上記出版マーケティンググループまで
お問い合わせください。
本書を無断で複写することは、著作権法により禁じられています。
定価はカバーに記載されています。

ISBN 978-4-8137-0726-4　C0193

❤『溺愛120％の恋♡』シリーズ好評の既刊

*あいら*著

無愛想クール系幼なじみ×天然ほんわか女子
『キミが可愛くてたまらない。』

ISBN：978-4-8137-0570-3
本体：590円+税

恋愛にうとい高2の真由は、超イケメンでスポーツも勉強もできる煌貴と幼なじみ。モテモテの煌貴だけど真由のことしか眼中になく、真由をひたすら可愛がっていた。ある日、クラスメイトに告白されているところを見られてしまった真由。それからというものの煌貴は真由を今まで以上に甘く溺愛してくるように。恋はまだ知らないはずだったけれど、この胸のドキドキは…？最初から最後まで、止まらない愛は超重量級!!

女嫌い冷血プリンス×鈍感癒し系女子
『クールな生徒会長は私だけにとびきり甘い。』

ISBN：978-4-8137-0612-0
本体：590円+税

サッカー部エース＆生徒会長の湊先輩に突然告白された高1の莉子は、先輩の真剣な眼差しに押され、友達から始めることに。大の女嫌いで有名な先輩なのに、莉子を家まで送ったり毎日一緒にお昼を食べたり…「俺のこと、絶対に好きにさせるから」と、莉子だけには過保護で独占欲全開。そんなある日、莉子は嫉妬した女子たちによって倉庫に閉じ込められてしまう。助けにきた先輩に「絶対守る」と抱きしめられて、ドキドキしっぱなしの莉子。もしかして、恋しちゃった…!?甘さ最上級の溺愛に、ハッピー度も最高潮！

書店店頭にご希望の本がない場合は、書店にてご注文いただけます。

●『溺愛120％の恋♡』シリーズ好評の既刊

*あいら*著

隠れヤンデレ系美男子 × 天然無自覚美少女
『腹黒王子さまは私のことが大好きらしい。』

ISBN：978-4-8137-0647-2
本体：590円＋税

高1の京壱は、有名財閥の御曹司で成績優秀な超イケメン。学園中の女子から熱視線を浴び、まさに学園の王子様的な存在だけど、じつは幼なじみの乃々花のことしか眼中にない。ピュアで天使のように可愛い乃々花を四六時中溺愛！しかも「乃々は俺が守る」と、他の男には指一本触れさせないほど独占欲たっぷりで…乃々花を狙ってくるヤツらに日々目を光らせている。この世に乃々さえいればいい——彼女への狂おしいほどの愛情は、とどまるところを知らなくて!?甘すぎて衝撃の展開に、最後まで胸キュンがとまらない♡♡♡

強引な一匹オオカミ × 心優しい家庭的女子
『ルームメイトの狼くん、ホントは溺愛症候群。』

ISBN：978-4-8137-0684-7
本体：590円＋税

高2の日奈子はワケあって、全寮制の男子高に通う双子の兄の身代わりをすることに。1週間限定とはいえ、男装生活には危険がいっぱい。早速、同室の超イケメン・嶺に「お前、本当は女だろ？」と、行く手をふさぐように壁ドンされて大ピンチ！でも、バラすどころか、日奈子の危機をいつも救ってくれようとする。学園一クールな彼が、日奈子だけには甘く接してきて…？「俺から離れんなよ。そばにいねぇと守ってやれないだろ」ドキドキと胸キュンの連続に一秒たりとも目が離せない！

書店店頭にご希望の本がない場合は、書店にてご注文いただけます。

ケータイ小説文庫　2019年7月発売

『至上最強の総長は私を愛しすぎている。②』　ゆいっと・著

最強暴走族『灰雅』総長・凌牙の彼女になった優月は、クールな凌牙の甘い一面にドキドキする毎日。灰雅のメンバーとも打ち解けて、楽しい日々を過ごしていた。そんな中、凌牙と和希に関する哀しい秘密が明らかに。さらに、自分の姉も何か知っているようで…。PV1億超の人気作・第2弾！

ISBN978-4-8137-0724-0
定価：本体580円+税

ピンクレーベル

『お前のこと、誰にも渡さないって決めた。』　結季ななせ・著

ひまりは、高校生になってから冷たくなったイケメン幼なじみの光希から突き放される毎日。それなのに光希は、ひまりが困っていると助けてくれたり、他の男子が近づくと不機嫌な様子を見せたりする。彼がひまりに冷たいのには理由があって…。不器用なふたりの、じれじれピュアラブストーリー！

ISBN978-4-8137-0725-7
定価：本体600円+税

ピンクレーベル

『年上幼なじみの過保護な愛が止まらない。』　＊あいら＊・著

高校1年生の藍は、3才年上の幼なじみ・宗壱がずっと前から大好き。ずっとアピールしているけど、大人のイケメン大学生の宗壱は藍を子供扱いするばかり。実は宗壱も藍に恋しているのに、明かせない事情があって……？　じれじれ両片想いにキュンキュン♡　溺愛120％の恋シリーズ第5弾！

ISBN978-4-8137-0726-4
定価：本体590円+税

ピンクレーベル

『孤独な闇の中、命懸けの恋に堕ちた。』　nako.・著

母子家庭の寂しさを夜遊びで紛らわせていた高2の彩羽は、ある日、暴走族の総長・蘭と出会う。蘭を一途に想う彩羽。一方の蘭は、彩羽に惹かれながらも、なぜか彼女を冷たく突き放し…。心に闇を抱える2人が、すれ違い、傷つきながらも本物の愛に辿りつくまでを描いた感動のラブストーリー。

ISBN978-4-8137-0727-1
定価：本体580円+税

ブルーレーベル

ケータイ小説文庫　2019年6月発売

『至上最強の総長は私を愛しすぎている。①』　ゆいっと・著

高校生の優月は幼い頃に両親を亡くし、児童養護施設「双葉園」で暮らしていた。ある日、かつての親友からの命令で盗みを働くことになってしまった優月。警察につかまりそうになったところに現れたのは、なんと最強暴走族「灰雅」のメンバーで…？　人気作家の族ラブ・第１弾！

ISBN978-4-8137-0707-3
定価:本体 580 円+税

ピンクレーベル

『お前を好きになって何年だと思ってる？』　Moonstone(ムーンストーン)・著

高校生の美愛と冬夜は幼なじみ。サッカー部エース、成績優秀なイケメン・冬夜は美愛に片思い。彼女に近づく男子を陰で追い払い、10年以上見守ってきた。でも超天然の美愛には気づかれず。そんな美愛が他の男子に狙われていると知った冬夜は、ついに…!?　じれったい恋に胸キュン！

ISBN978-4-8137-0706-6
定価:本体 600 円+税

ピンクレーベル

『もう一度、俺を好きになってよ。』　綴季(つづき)・著

恋に奥手だった由優は憧れの理緒と結ばれ、甘い日々過ごしている。自信がなくて不安な気持ちでいた由優を理緒は優しく包み込んでくれて…。クリスマスのイベント、バレンタイン、誕生日…。ふたりの甘い思い出はどんどん増えていく。『恋する心は"あなた"限定』待望の新装版。

ISBN978-4-8137-0708-0
定価:本体 610 円+税

ピンクレーベル

『いつか、眠りにつく日』　いぬじゅん・著

修学旅行の途中で命を落としてしまった高２の蛍。彼女の前に"案内人"のクロが現れ、この世に残した未練を３つ解消しないと成仏できないと告げる。蛍は、未練のひとつが５年間片想い中の蓮への告白だと気づくけど、どうしても彼に想いが伝えられない。蛍の決心の先にあった、切ない秘密とは…!?

ISBN978-4-8137-0709-7
定価:本体 540 円+税

ブルーレーベル

読むたび何度でも恋をする…全力恋宣言！
毎月25日はケータイ小説文庫の日♥

心に沁みるピュアラブやキラキラの青春小説、
「野いちご」ならではの胸キュン小説など、注目作が続々登場！

ケータイ小説文庫　2019年5月発売

『新装版　好きって気づけよ。』天瀬ふゆ・著

モテ男の凪と天然美少女の心愛は、友達以上恋人未満の幼なじみ。想いを伝えようとする凪に、鈍感な心愛は気づかない。ある日、イケメン転校生の栗原が心愛に迫り、凪は不安になる。一方、凪に好きな子がいると勘違いした心愛はショックを受け…。じれ甘全開の人気作が、新装版として登場！
ISBN978-4-8137-0685-4
定価：本体590円+税
　　　　　　　　　　　　　　　ピンクレーベル

『学年一の爽やか王子にひたすら可愛がられてます』雨乃めこ・著

クラスでも目立たない存在の高校2年生の静音の前に、突然現れたのは、イケメンな爽やか王子様の柊くん。みんなの人気者なのに、静音とふたりだけになると、なぜか強引なオオカミくんに変身！「間接キスじゃないキス、しちゃうかも」…なんて。甘すぎる言葉に静音のドキドキが止まらない!?
ISBN978-4-8137-0683-0
定価：本体590円+税
　　　　　　　　　　　　　　　ピンクレーベル

『新装版　逢いたい…キミに。』白いゆき・著

遠距離恋愛中の彼女がいるクラスメイト・大輔を好きになった高1の葉月。学校を辞めて彼女のもとへと去った大輔を忘れられない葉月に、ある日、大輔から1通のメールが届き…。すれ違いを繰り返した2人を待っていたのは!?　驚きの結末に誰もが涙した…感動のヒット作が新装版として復刊！
ISBN978-4-8137-0686-1
定価：本体570円+税
　　　　　　　　　　　　　　　ブルーレーベル

ケータイ小説文庫　好評の既刊

『幼なじみの榛名くんは甘えたがり。』みゅーな**・著

高2の雛乃は隣のクラスのモテ男・榛名くんに突然キスされ怒り心頭。二度と関わりたくないと思っていたのに、家に帰ると彼がいて、母親から2人で暮らすよう言い渡される。幼なじみだったことが判明し、渋々同居を始めた雛乃だったけど、甘えられたり抱きしめられたり、ドキドキの連続で…!?
ISBN978-4-8137-0663-2
定価：本体590円+税

ピンクレーベル

『俺が意地悪するのはお前だけ。』善生茉由佳・著

普通の高校生・花穂は、幼い頃幼なじみの蓮にいじめられてから、男子が苦手。平穏に毎日を過ごしていたけど、引っ越したはずの蓮が突然戻ってきた…！　高校生になった蓮はイケメンで外面がよくてモテモテだけど、花穂にだけ以前のままの意地悪。そんな蓮がいきなりデートに誘ってきて…!?
ISBN978-4-8137-0674-8
定価：本体590円+税

ピンクレーベル

『新装版　眠り姫はひだまりで』相沢ちせ・著

眠るのが大好きな高1の色葉はクラスの"癒し系"。旧校舎の空き教室でのお昼寝タイムが日課。ある日、秘密のルートから隠れ家に行くと、イケメンの純が！　彼はいきなり「今日の放課後、ここにきて」と優しくささやいてきて…。クール王子が見せる甘い表情に色葉の胸はときめくばかり!?
ISBN978-4-8137-0664-9
定価：本体590円+税

ピンクレーベル

『ずっと消えない約束を、キミと』河野美姫・著

高校生の渚は幼なじみの雪緒と付き合っている。ちょっと意地悪で、でも渚にだけ甘い雪緒と毎日幸せに過ごしていたけれど、ある日雪緒の脳に腫瘍が見つかってしまう。自分が余命わずかだと知った雪緒は渚に別れを告げるが、渚は最後の瞬間まで雪緒のそばにいることを決意して…。感動の恋物語。
ISBN978-4-8137-0665-6
定価：本体580円+税

ブルーレーベル

ケータイ小説文庫　2019年8月発売

『至上最強の総長は私を愛しすぎている。③』ゆいっと・著

事件に巻き込まれ傷を負った優月は、病院のベッドで目を覚ます。試練を乗り越えながら最強暴走族『灰雅』総長・凌牙との絆を確かめ合っていくけれど、衝撃の真実が次々と優月を襲って…。書き下ろし番外編も収録の最終巻は、怒涛の展開とドキドキの連続！PV1憶超の人気作がついに完結。

ISBN978-4-8137-0743-1
予価:本体500円+税

ピンクレーベル

『新装版　やばい、可愛すぎ。』ちせ．・著

男性恐怖症なゆりは、母親と弟の三人暮らし。そこに学校イチのモテ男、皐月が居候としてやってきた！　不器用だけど本当は優しくてかなげなゆりに惹かれる皐月。一方ゆりは、苦手ながらも皐月の寂しそうな様子が気になる。ゆりと同じクラスの水瀬が、委員会を口実にゆりに近付いてきて…。

ISBN978-4-8137-0745-5
予価:本体500円+税

ピンクレーベル

『ひーくん注意報発令中!!!(仮)』ぼにぃ・著

高1の桃は、2つ年上の幼なじみで、初恋の人でもある陽と再会する。学校一モテる陽・通称"ひーくん"は、久しぶりに会った桃に急にキスをしてくる。最初はからかってるみたいだったけど、本当は桃のことを特別に想っていて……？
イジワルなのに優しく甘い学校の王子様と甘々ラブ♡

ISBN978-4-8137-0744-8
予価:本体500円+税

ピンクレーベル

『魔法が解けるまで、私はあなたに花を届け続ける(仮)』湊 祥・著

高1の桜は人付き合いが苦手。だけど、クラスになじめるように助けてくれる人気者の悠に惹かれていく。実は前から桜が好きだったという悠と両想いになり、幸せいっぱいの桜。でもある日突然、悠が記憶を失っていた…!?　辛い運命を乗り越える二人の姿に勇気がもらえる、感動の青春恋愛小説!!

ISBN978-4-8137-0746-2
予価:本体500円+税

ブルーレーベル

書店店頭にご希望の本がない場合は、
書店にてご注文いただけます。